杰出的企业领导者是怎样锻造出来的

JIECHU DE QIYE LINGDAOZHE SHI
ZENYANG DUANZAO CHULAI DE

谢立仁 / 著

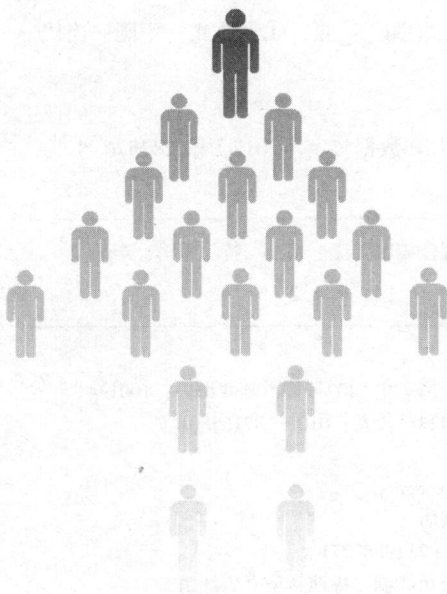

中国纺织出版社

图书在版编目（CIP）数据

杰出的企业领导者是怎样锻造出来的 / 谢立仁著. --北京：中国纺织出版社，2018.2（2025.1 重印）

ISBN 978-7-5180-4320-0

Ⅰ．①杰…　Ⅱ．①谢…　Ⅲ．①散文集—中国—当代
Ⅳ．① I267

中国版本图书馆 CIP 数据核字（2017）第 282576 号

策划编辑：孔会云　责任编辑：沈　靖　特约编辑：李学文
责任印制：何　建　插　图：吴永义

中国纺织出版社出版发行
地址：北京市朝阳区百子湾东里A407号楼　邮政编码：100124
销售电话：010 — 67004422　传真：010 — 87155801
http：//www.c-textilep.com
E-mail：faxing@c-textilep.com
中国纺织出版社天猫旗舰店
官方微博http：//weibo.com/2119887771
永清县晔盛亚胶印有限公司印刷　各地新华书店经销
2018 年 2 月第 1 版　2025 年 1 月第 2 次印刷
开本：710×1000　1/16　印张：11.25
字数：138 千字　定价：88.00 元

凡购本书，如有缺页、倒页、脱页，由本社图书营销中心调换

　　付万才（1936～2004）全国劳动模范，全国五一劳动奖章获得者，全国优秀企业家，他成功探索出一条市场经济体制下国有企业的发展之路。1998年，被中共中央组织部、宣传部，国家人事部、国家经贸委、全国总工会树为学习典型，他所倡导的管理模式曾成为全国企业学习的样板。

——摘自吉林市博物馆

前　言

　　我写的主人翁付万才是中共中央组织部表彰的优秀共产党员领导干部，我曾任他的秘书。据中组部一位局长说，一般来说树典型都是盖棺定论，像县委书记的好榜样焦裕禄，地委书记的榜样杨善洲，优秀共产党员孔繁森等。1998年12月10日，中共中央组织部、中共中央宣传部、全国总工会、国家人事部和国家经济贸易委员会（简称五部委）发通知学习付万才，他仍在岗位上，四年后他离开执掌十六年的吉林化纤集团，六年后离开人世。作为与付万才朝夕相处十二年的身边人，我见证了他人生最精彩辉煌的时期，耳闻目睹，领略了他克己奉公、无私奉献的高尚品格，体验到他创新担当的无畏精神，感受到他廉洁自律的工作作风。付万才离开十三年了，我常常夜不能寐，在付万才身边的点点滴滴经常一幕幕浮现在我眼前，有些甚至出现在梦中。经过深思熟虑，我觉得自己有责任有义务将所了解的付万才的故事回放，让更多的人了解一名优秀企业家和一名优秀共产党员的所作所为，共享他的管理精髓，践行党的十九大提出的新时代、新使命、新思想、新征途。

　　记得我20世纪70年代刚参加工作时，单位的崔月宽老师曾经说，一个人一辈子幸福之事有二，出生在一个好家庭，工作中遇上一位好领导。出生没有选择，生下就注为"另册"，头上罩着"富农"子弟帽子，在贫下中农子女优先的年代，输在起跑线上已成现实，再加上智商平平，从小学到中专，累得吐血，学习成绩也只是徘徊在中游偏下，自然与"长"无关，小学脖子上没戴过红领巾，中学胳膊上没袖标，

前
言

中专胸前没有戴过团徽，参加工作后刚刚在团旗下举拳头，就到了退团年龄，好在共产党员没有年龄准入门槛，否则"吃瓜群众"会伴随我终生。按照崔月宽老师的标准，我符合第二个条件。有句话叫一个人能走多远，看和谁同行。在我36岁的时候，来到了吉林化纤集团董事长付万才身边，开启了脱胎换骨的变化模式。耳濡目染，从学习老老实实做人开始，养成了踏踏实实做事的习惯，十二年的修炼，我越来越不自信，因为这十二年工作太多是批评陪伴度过的，见到昔日吉林化纤驻北京办事处主任李明宇，他一语中的地说："老板批评你大多是恨铁不成钢，这是他的工作方法。""响鼓还需重锤敲"，何况我并非"响鼓"，2000年度的党员民主生活会上，他自我反省说："缺点是喜欢批评人。"其实批评是激励的代名词，是他恨铁不成钢。十二年的文字匠，在爬格子中满满的艰辛，付出不言而喻，收获也成正比。当我抱怨时，原吉林化纤集团党委副书记楚国志羡慕地说："你还不知足？你陪老板到人民大会堂开会，中央首长接见你在场，各级各类通知董事长会议，你都当会议代表。"其实这只是冰山一角，更多精彩是从付万才的思想行动中汲取营养，这是我人生后半场的力量之源，是我48岁后闯荡北京的内在动力，如果说我有些成功，它就是成功之源。几十年后，见到昔日同窗，许多同学百思不得其解，那个不显山不露水的小男生，今日怎就令人刮目相看呢。社会也是所大学校，也会改变人的命运。

我和付万才接触的日子，他的一举一动都潜移默化地影响并改变着我。现在回忆付万才的言行，一点也不老套，语言朴实，道理深刻。国有企业的带头人必须有一种精神，一种境界。付万才身上始终有一种责任感，他不断创新，用人格魅力带领职工迎着困难上、踏着艰险行。付万才对企业一直怀有高度的使命感和责任感，对工作充满敬业精神，真正做到了魂系企业。他以厂为家，十几年每天早来晚走，节假日从不休息。在困难和问题面前，他敢于冲在前面，身先士卒。有一次原液车间失火，车间里边放着六十公斤的二硫化碳，如果发生爆炸后果不堪设想。付万才将生命置之度外，率先冲过去，刺鼻的气体弥漫，令人窒息，付万才全然不顾。当烈火扑灭时，他累得瘫坐在地上。从付万才的管理经验看，领导好一个企业，不能只靠权力，还要靠人格的力量，付万才身上体现出了权威与人格的统一。十几年来，他严格自律、克己奉公，真正做到了一身正气、两袖清风。自从认识他，从来没见过他进歌舞厅，从来没在单位报销过一次餐费，没端过任何干部和职工的饭碗。企业上项目外包工程，无论投资大小，都是班子集体讨论，公开招标。他说："收别人一分钱，我就不值一分钱。"在他的影响下，企业领导班子没有一个掉队的，子女结婚没一个大操大办的，住房没有一个超标准的，班子成员的子女没有一个受到过特殊照顾，每年的职代会无记名投票考核，班子成员没有一个不及格的。

过硬的企业带头人付万才不仅勤政廉政，还熟悉市场经济规律，善于在竞争中把握规律，科学超前决策，他认准的事力排众议。付万才管理企业以人为本，是科学化、系统化、制度化的管理。管理有标准、有考核、有处罚、有激励。付万才管理的真谛是将管理对象变成管理主体，由约束人的行为到发挥人的潜能，经过长期的规范教育和磨炼，管理达到了很高的境界，使规章制度转为职工自觉自愿的行动。每天上班，万名职工比规定时间提前五分钟全部进入岗位，偌大的厂区，管道纵横，不见一处跑冒滴漏，车间的地面、设备清洁无尘。千人的大会，领导台上讲话，台下聚精会神，鸦雀无声。

1986年10月27日，付万才任厂长第二年，妻子去世了，两个女儿相继去外地读书、工作，付万才始终一个人生活。谈到这个问题，付万才淡泊地说："一个人确实挺难，回到家屋里唯一有声的就是电视机，晚上做一锅饭，第二天的早饭、午饭都有了，这几年年龄大了，有时回家懒得动弹，就吃方便面对付啦。"一个万人国企的领导孤身一人生活，全心全意扑在事业上，这需要多么坚强的毅力啊！在付万才身边，他每逢出门或者开会，我作为秘书，常常陪同。无论在企业，还是在外地，他始终表里如一。1999年春季，我陪他去江、浙市场，出发前他告诫我不能收客户礼物。管好身边人，"自己刀削自己把"，他做到了，而且做得很好，这个在文章中有提及。

我曾代表他参加全国劳模事迹报告团，与全国劳模在一起，对我也是心灵的净化，所以在写本书的时候，我也把充满正能量的劳模故事展现给读者，正是千万个劳动模范用心血和汗水支撑起共和国的大厦，尤其是封笔时，2017 年 10 月 25 日鲁冠球的去世，2017 年 11 月 6 日马桂宁离去，使我的心情更加沉重，我写的《永远的相约》2017 年 11 月正值鲁冠球去世七天在网上发表，三天有 800 多人点击，人们对劳动模范的缅怀之情，可见一斑。我写的《重回故里忆万才》在网上发布，反响强烈。虽然如今许多文章都是"谁写谁看，写谁谁看"，但是有可读性的原创文章还是有需求的。写《杰出的企业领导者是怎样锻造出来的》，为了增强可读性，征求原中国纺织报社副社长徐国营意见，他建议采用随笔的写作方式，让故事更鲜活、更贴近读者。书中的大多数文章描写的人物和事件都是原汁原味的，非常真实，虽大多当事者阅过，但如仍有不妥之处，敬请谅解。

谢立仁

2017 年 10 月

目　录

回放过去

曾几何时，对"化纤现象"众说纷纭，智者仁者各发表高论，吉林大学高清海教授在研究了吉林化纤之后曾在报上发文，他认为"以人为本"是吉林化纤精神的精髓。他说："吉林化纤抓住了企业精神这个关键点，这个企业精神就是以人为本。"这里"人"的概念应理解为有独立人格和价值的人，而并不只是指依靠物质利益刺激积极性的"经济人"。东北师范大学教授郑德荣则认为，"化纤"的路是把我们过去好的传统和现代企业经营管理理念紧密结合起来，创造出了既适应现代企业严格管理的需要，又能充分调动起职工积极性和创造性、让职工感受到企业大家庭气氛的企业经营理念。吉林大学商学院院长张屹山，则用另一种眼光看吉林化纤，他认为，吉林化纤的成功充分印证了著名经济学家约瑟夫·熊彼特的观点——经济发展的动力是创新，企业家是创新的灵魂。从付万才的经验看，中国国有企业走出困境，必须培养和造就一大批高素质的厂长、经理。他说："对于中国国企改革来说，不仅需要建立现代企业制度，更需要建设一个真正的企业家阶层。"

吉林化纤集团全景

在研究"化纤"现象，揭示付万才秘密的同时，作为一名见证人，我深感有责任和义务把所见所闻经过筛选记录下来。从付万才上任掌管吉林化纤的第一天起，就赶上了由计划经济到社会主义市场经济的转变，在这个过程中，个别企业家没有顺潮流而动，患了"不适应症"，付万才却以自己的实践走了出来。1999 年 8 月 11 日，在大连召开的华北、东北八省区的企业工作座谈会上，付万才的发言得到了党和国家领导人的肯定。当天中央电视台的记者就打电话来，说付万才十年十个项目十大步的滚动发展经验值得推广，在次日新闻联播中成为头条新闻，这是吉林化纤第二次在中央电视台上头条。

1998 年 12 月 2 日，中国纺织报有一篇题为《国企优秀带头人，廉洁勤政传佳话，付万才事迹成为全国各大媒体宣传热点》的文章，记者有这样一段综述：12 月 2 日，《人民日报》头版头条位置刊登了新华社电稿《国有企业优秀带头人付万才（上）》并配发评论员文章《学习付万才振兴国有企业》；12 月 3 日，《人民日报》三版头条位置又刊发了《人格的魅力——国有企业优秀带头人付万才（下）》；12 月 2 日和 4 日，《光明日报》分别在头版头条和倒头条以"走近吉林化纤董事长付万才"为副题，刊发了《风险就是机遇》《一身正气两袖清风》两篇通讯，并配发了《事在人为，业在人创》的评论员文章；12 月 2 日，经济日报头条以《国企"当家人"》为题刊登付万才事迹，同日《工人日报》头条刊发了消息《付万才带出强班子硬队伍》和人物通讯《真干净，真干事》，配发了评论员文章《一把手的首要素质》；12 月 3 ~ 4 日的中央电视台和中央人民广播电台都以一定篇幅报道了付万才的事迹，《文汇报》《解放日报》及各省报均在显著位置转发了新华社电稿《国有企业优秀带头人付万才》。

1998 年 12 月是宣传付万才的一个高峰，而后中共中央组织部召开了学习付万才座谈会。国家纺织工业局领导说，付万才是全国纺织的典型，我们行业要学习。在纺织工业局的座谈会上，对付万才的学习更进了一步。

纪律是"高压线"

　　所谓治厂，说的也是企业管理。在诸位企业家面前，我是最没有发言权的，大有班门弄斧之嫌。而企业管理，从我的观察看，各个有各个的高招，这是因为地域、行业的区别。然而，有一条是肯定的，那就是"从严"是基

1999年5月3日，付万才在腈纶工程工地

础，中国共产党第十五届四中全会的若干问题通知中也强调了这一点。"从严"不是付万才的发明，更不是他的专利，他管理企业，正是从人们认为最简单、最基础也最难办的"从严治厂"开始的。所不同的是他做到了坚持不懈，做到了一抓到底，也做到了严爱相济。

　　"制度无情，管理绝情"是付万才从严管理、使企业获得勃勃生机的关键。制度面前人人平等，不论违者是谁，都一样硬执行、严处罚。有一天中午，公司一位副总领三位客人进厂，突然被一个叫"陈大工匠"的门卫喊住。在吉林化纤的门卫中，有相当长的时间是用离退休的老工人，在离退休老工人中，"陈大工匠"最认真，丁是丁卯是卯。他大声喊："请站下，你厂徽呢？"副总诧异地说："我你都不认识了？"这位副总过去曾和陈师傅同一车间，没料到陈师傅犟劲上来，拉下脸说："我只认厂徽，不认人，制度都是你们当官的定的，我只管执行。"这位副总见状，只好停下返回。同他一起的客人说："都说吉林化纤的

纪律严，这下亲眼见了。"事后，付万才表扬了陈师傅，他说："都像陈师傅这样，化纤厂还能进一步。"

严格管理，在付万才的身上体现得最为充分。

付万才认为：一个企业能否搞好，关键在于是否有一个好班子，班子能不能建设好，关键在于一把手。一把手很重要，一把手的人格作用不可忽视。一个企业，一把手是班子中的班长，要求班长要有良好的素质，特别是政治素质。假如一把手又贪又占，群众和班子其他成员就不会服你，就会出现台上你讲话，台下人讲你，你不过硬，你管别人就没有底气，就挺不起腰杆，就不硬气。只有你硬气，才能做到无私无畏，敢抓敢管；只有你硬气，群众才会拥护你，才会尊重你，你说话别人才能听。现在有个别的企业，被人说是"穷庙富方丈"，企业不景气，领导自己却肥了，这样的人领导企业，企业怎么能垮呢？

作为一把手，要求别人做到的，自己首先要做到。

付万才常说，无论是多少人的企业，大致都可分为三条线，即人事管理、机器设备和工艺生产。在这三条线中，人的作用不可忽视，因为只有人具有高素质，才会使产品有高质量，才会有企业的高效益。企业的设备靠人操作，产品靠人生产。一个企业，只有培养过硬的职工队伍，才能处于不败之地。那么，培养过硬的职工队伍，首先就要严格管理。

回忆从严治厂的事，还得从 1984 年说起。当时，吉林化纤的 2000 吨长丝项目投产，陆续在社会上招进 2300 多名青年工人，其中有一部分子弟，这些青年工人中有相当一部分在社会上闲散了多年，身上沾染了一些不良风气，那时候，上班睡岗、串岗成风，抓也抓不过来。劳资处长刚进车间门，通风报信的电话就响了，等查到岗位上，该醒的早醒了。迟到早退更是家常便饭，工厂有近千人在距厂区 14 公里的吉林市居住，每天通勤车接送，下班时遵守纪律的职工总是没有座位，提前占座的还说"要想有座，早来一刻"。通勤车一到，就抢上抢下，甚至有个职工因为抢座，由于后面拥挤，被挤到车轱辘底下，腿被压断了。上班铃响，付万才到厂门口抓，一手抓一个，第三个就跑了，把门关上，有人就跳大墙；班组的鱼缸养金鱼是为了美化环境，

吉林化纤碳谷公司碳纤维原丝生产线

却有人往里倒酸水，一缸鱼全翻白肚了；新窗帘刚安装上，有人用烟头烧成一个个窟窿；小天鹅雕塑，白天刚刚竣工，晚上就不知哪个淘气鬼把天鹅的脖子扭过来，变成了回头鸟；花池边镶的陶瓷围栏，被人踢得七裂八瓣……这些都是表面现象，更严重的是有人故意破坏生产。一个叫吴畏的小伙子，真是无所畏惧，他把一辆装丝饼的车，放在铁轨上任其呈无人驾驶状，导致翻车，一车丝饼全部报废。还有的工人偷偷地把丝饼藏起来，半夜用塑料编织袋装上，从院里扔到墙外，墙外有人接应，有人运输，还有人交易，一条龙，工人们看见了也不敢说，直到公安局抓住了团伙的骨干，才顺藤摸瓜，查到化纤厂有人里应外合。这里面最嚣张的是子弟，尤其是干部子弟。有一位副厂长的姑娘，上班睡岗，工作漫不经心，松松垮垮，出现一次事故，造成落锭980个。当时黏胶长丝的一级品率仅有10%，刚刚开辟的市场难以维持，有些用户把电话直接打到付万才办公室，话说得都很尖锐："老付，把你的货拉回去吧，下个月不要再往我这发货了。"

产品质量直接威胁到企业的生存，付万才认为，广大职工是好的，主要是有害群之马，如果歪风邪气不压下去，企业就难以生存。为了维护广大职工的利益，必须从严治厂，而从严治厂，当时也有阻力。一个主管处长对底下人说："吓唬吓唬算了，你抓谁，谁还不去砸你家的玻璃啊！"如此一来，就出现这样一种情况，有人光是喊却不来真格

纪律是「高压线」

的，看见迟到的，就吆喝两声。为抓迟到者，付万才布置了摄像机，把迟到者录下来，但开始也不尽如人意，录下的像，用录放机一放，不是焦距虚看不清人，就是照的大多是背影无法确认。

面对这些，付万才没有灰心，他说："从严治厂，我这一把手必须扮黑脸，我不扮黑脸不行，人家都看我呢。"于是，付万才亲自布置，在附近吉林省农校借来一位教电化教育的老师，请他录像，因为谁也不认识他，他也

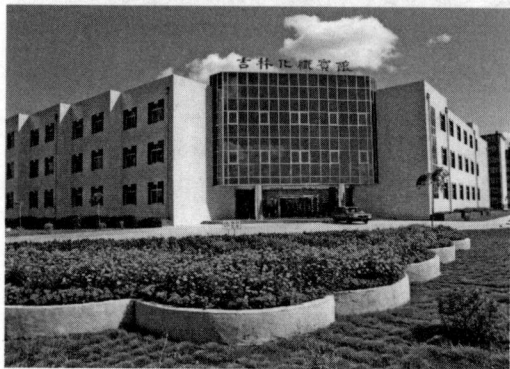
吉林化纤宾馆外景

没有后顾之忧。第一天，就录下 23 个迟到者，付万才召开中层干部大会，叫车间主任逐个辨认，车间主任到场，看了录像，一位主任说看不清楚，其他一些人也附和说看不清楚。这次，就这样不欢而散。而迟到者、早退者还是存在。付万才又组织了几次摄像，过几天后，又把各位主任请来，付万才严肃地说："如果你们仍然认不出来，我请班组长来认，如果班组长认出来，是哪个车间的，我罚车间主任半级工资。"

付万才叫放录像，仍放第一次的录像。结果，这次各位都瞪大了眼睛，看到第一个迟到者的镜头就有主任说："停一会儿，这个是我们车间的刘阳。"到最后，23 个都被辨认出来，都给予了从严处罚。

工厂和市公安局配合，打掉了一批违法团伙。厂里召开了公开公捕大会，和违纪的一起进行了处理，有 21 名触犯法律的。工厂公安处的干警不够用，付万才就从外厂借，每个人犯由两名干警押着，由市公安局的警车开路，该劳教的劳教，该判刑的判刑。在会上对 23 名迟到者进行公开点名处理，凡迟到者，每人罚款 30 元，一年内不能评先

进生产工作者，一年内不能涨工资，还降半级工资。

付万才又一次重申纪律：车间一天内出现三个以上迟到早退者，和车间主任效益挂钩，罚车间主任半级工资；睡岗、串岗，罚降半级工资；对一些事关生产安全、质量的问题，加重处罚，如用户最头疼的丝锭成筒不接头，为求产量打双根丝等问题，一经发现就立即开除。

这一次行动后，厂里邪气一时压了下去，而付万才却遭到了围攻。先是一名老干部的儿子因偷厂里的东西被教养三年，这位老干部找付万才求情，求放过他儿子被拒绝后，这位老干部不走，在办公室闹了一天，晚上下班也不离开，就睡在办公室，付万才叫人在背地里看着，以防出意外。结果，第二天见仍然没人理他，就跑到市老干部局去找了。

接着，又接二连三地发生了许多事，都是冲付万才来的。

付万才老伴儿 1986 年去世，他一直一个人生活，自己做饭。两个孩子都上了大学，大学毕业后都不在身边，一个在北京工作，另一个在长春工作，就他一个人在家。一天晚上，他正在看电视，电话打响了，刚一接起，里面恶狠狠地说："你等着，八点钟，我去杀你。"他一直等到九点，才上床睡觉。这一夜，说不怕，那是假话。付万才在工厂大会上说："先死的容易后死的难，我老付不怕。"

为了报复，有人夜里砸他家的玻璃，还有人用气枪打他家的玻璃，在 1986 ~ 1989 年四年间，付万才家的玻璃被砸五次。有一天，下午三点多钟，市公安局的干警把付万才住的楼房包围了，说是由内线得知，有人要往他家的阳台扔炸药包。说句心里话，要搞好企业，干点实事，是真难啊！走在路上，背后有人叫他"小监狱长"，另一个说，他岁数大，应叫"老监狱长"。

面对这些，付万才坚定信心，邪不压正，他认为对的就要坚持。他采取的办法是，魔高一尺，道高一丈，更明确规定，讲情不准，威胁不怕，无理取闹不行，更进一步把从严治厂由厂区辐射到厂外，在家属区内不许跳舞，小青年跳舞到半夜，去顶岗，在岗上打迷糊，影响生产，而且一跳舞，离婚的就多。他规定：干部不许到经营性舞厅跳舞，也不许自己组织舞会，不许打麻将赌博，打麻将赢一分钱也是赌，凡赌博者一经发现，立即开除。先后有二十三人被开除，有销售员、教师，也有工人。有一天，公安处长向付万才汇报说："把高来斗抓住了。"高来斗是供汽车间工段长，连续三年的厂级标兵，共产党员。小高是休病假被人"三缺一"叫去的，尽管多人说情，他还是叫公安处把告示贴了出去。他说："立法不难，关键在于执法要严，要公开、公平、公正，如果不开除小高，那么，被开除的二十三个人都要来找我。"

从严治厂，最难办的是子弟，而把子弟的事处理好，就解决了主要矛盾，抓住了主要矛盾，一切问题就迎刃而解了，从严治厂就顺利得多了。

有一天半夜，他在厂内查岗，借着月光，见有人掰杏树枝摘杏，就上前把那人抓住。这人说："付大爷，我是老王家小二。"他说的老王是王主任。还有一次，在高速纺车间钳工班，他见刘主任家孩子在干活，左看右看，干的活不像是生产上的，一问才知道，因为他们家要搬家，他要做一副三脚架。付万才在大会上点名批评这两位主任家教不严，对摘杏者罚三百元，他说："一个杏三百元，够你买一推车的了，要你长记性。"从那以后，厂区的杏、李子、沙果熟透了，掉在地上，工人们谁也不动。对在厂区干私活的，罚三十元，而且一年内不涨工资，不发半年奖金，罚的钱，够做一个"银角架"的。那个睡岗造成落锭980个的副厂长千金，留厂察看。他说："我不给他们面子，主要是为了给全体职工面子，让广大职工看到我从严治厂的决心和勇气。"

从严治厂，更大的考验是在1989年，有人写匿名信给最高人民检察院。当时付万才没有害怕，事后他说："天上刮风下雨我不知道，我自己有没有问题，我最清楚。"说他贪污受贿五十万元，有三支手枪。

当问到付万才："枪呢?"付万才风趣地说："哪个警察被我杀了，枪叫我抢来了?"付万才下车间一个车间一个车间地抓管理，当年扭亏1500万元。市里表影付万才为从严治厂、克己奉公的优秀共产党员领导干部。

付万才认为，从严治厂不是一个人的事，虽然关键在一把手，但是仅仅是一把手重视还不够，要调动方方面面的力量，下到班组长，上到车间主任，要为他们撑腰。

二纺车间主任工作抓得较好，使车间面貌产生了很大变化，他敢抓敢管，把一名职工得罪了。为了报复他，这名职工到处张贴小字报，说他生活作风有问题。还把他的照片和一个女人的照片搞在一起，败坏这位主任的名声。发生这件事后，付万才冷静地分析并和其他领导取得一致认识：从平常观察看，这个主任不像是那样的人。他派公安干警蹲坑，一连蹲了两个多礼拜，也没抓住贴小字报的人。付万才不甘心，一方面报案，另一方面核对字体，把全车间人的字体都交到公安局检验，这人是用左手写的，但还是被验出，依据法律给定了诬陷罪，被抓起来，判了刑。付万才召开全厂大会，号召向二纺车间主任学习。

企业好，大家好，都做主人，都管事。为抓纪律，他组织了十四个稽查组，每个组都由机关处室组成，每个组执勤一周，但有指标，必须抓到两名以上违纪者。开始很容易，第二天就完成任务了，后来难了，抓不到要延顺一周，这一周劳资处、调度处联合检查抓住了违纪者，罚稽查组，这一招很灵。

班组是企业的最小单位，厂里有499个班组，有499个班组长。过去，天一有乌云，有人就往家

远瞰吉林化纤

跑，理由是家里的酱缸没盖帽子。而从严，就要从班组抓起，付万才认为，一个人的集体感大于私心。他抓班组工作，是从给班组长一定的权力开始的，班组长有奖金分配权、职工晋升工资建议权、指挥工艺生产权，后来还把对职工的警告权交给班组长。在班组开展 QC 活动，开展家访谈心活动，开展思想教育活动。为提高班组长的积极性，优先晋升班组长工资，评先进优先，企业培养了一大批敢抓敢管的班组长典型。付万才在全厂职工大会上不止一次地强调："谁敢动班组长一指头，我就和他没完。"有一次，一位班组长在检查工作中扣罚了一名岗位工，岗位工谩骂班组长，班组长没有还口，就又给了班组长一个耳光，班组长还是没有还手。事情发生后，车间报请公司处理，厂里召开全体职工大会，当场派车把这位岗位工送回距工厂两百多里地的磐石市老家，开除了这位岗位工。

付万才抓管理的经验是：从严治厂，要反复抓，抓反复。

从严治厂是硬功夫，同时也是慢功夫，不能一朝一夕，更不是初一十五，必须天天抓，反复抓。厂里抓了十四个年头，也不敢说已经杜绝了迟到。付万才从严治厂，不断完善各项制度，其中最深体会是抓"落实"两个字，什么事情，不落实就等于没抓。他多次提出工作求实，作风扎实，说实话，办实事。1999 年，他又一次提出了：工作扎实、作风求实、最后有结果。

工厂每年都召开几次全厂大会。每年十月上旬，布置大干四季度，夺取全年生产的全面完成任务，而且对第二年的生产提出意见；每年年底，召开大会，大干十二月，夺取首季开门红；三月召开大会，大干四月份，夺取上半年双过半。同时布置抓纪律、保生产、抓质量、促销售。周而复始，习惯成自然，自然成定性。如每年到元旦、春节，都是生产最不平稳的时候，这几年，提早抓，从稳定职工的思想入手抓，使节假日生产都比较稳定。付万才认为，生产平稳，就意味着不平稳的到来，无事故时防事故，才能使生产平稳、才能长治久安。

抓从严治厂，不仅使生产稳定，质量提高，而且一些被认为很难

吉林化纤航拍图

办的事，也不难了。企业的科学管理，在于实现人、财、物的最佳组合，管理的最高境界，在于人的自律。这样，你没说到的有人替你说了，你没想到的有人替你想了，你没做的有人主动做了。厂里先后盖楼房，有 3800 多户职工改善了居住条件，分了 45 栋楼房，涉及 7000 多名职工，没一个人找的。涨了 13 次工资，没一个人闹的。从严治厂，开除和除名近百名职工，没一个上访告状的。付万才说："工人都是好工人，我们从严治厂，经历了从顶牛到服从，从被动服从到主动遵守，由量变到质变，工人从不理解到理解。"厂里每年召开两次职代会，职代会上背对背评议干部，他连续十四次优秀率百分之百。

更重要的是厂容整洁，在路上见不到杂物，管道纵横，不见半点"跑、冒、滴、漏"，厂区走路两人成排，上千人的大会，有人形容针掉在地上都能听到响声。付万才曾到国外参观，见打包机上到处是毛，当时他就说："我们企业打包机上见不到毛。"老外不信。事隔不久，老外到吉林化纤参观，特意提出要看一看打包机，看过以后，他们服气了，说："你们的管理世界一流。"

一个企业领导，每天都生活在职工之中，就像一个家长，上有老，下有小，要把他们当亲人，让老者安度晚年，让少者茁壮成长。

一是为职工创造一个良好的工作环境。化纤生产，伴随着化学、物理变化，付万才当厂长后，经调查，有130个尘毒点。让工人在有害有毒的环境中工作不能叫社会主义企业。

厂里投资1000多万元对这130个尘毒点进行全面整治，尘毒合格率达到93%，超过了国家标准。在2950吨长丝安装时，纺丝机电机噪声超过78分贝，达到83分贝。有人说可以了，付万才不同意，他说："决不能叫工人在影响身体的情况下去创造效益，马上更换。"结果200多台电机重新调整、更换。

付万才感到，广大职工每天有三分之一的时间是在自己班组中度过的，如果能把每个班组都建设成环境优美清新、整洁漂亮的"职工小家"，大伙儿愿意工作、生活在这个班组中，那么无疑更增添了企业的凝聚力。为此，付万才采取"职工小家职工建"的方法，让职工自己动手美化班组。有钱的出钱，有物的出物，有力的出力。许多职工把自己家里的盆花、鱼缸搬到了班组休息室，有的还找来边角余料，用一双灵巧的手，制作出各种精美的手工艺品，点缀在班组休息室中，更显得品位高雅。在建"小家"的过程中，广大职工焕发出前所未有的热情，有的放弃业余时间，有的放弃节假日。他们一不要加班费，二不要存休，在建"小家"过程中表现出无私奉献的精神。有这样一个班组，过去一直是全车间最落后的班组，通过建"职工小家"，居然变成了公司"模范班组"。探其根源，就是通过自己动手建"小家"，使班组环境变得清新优美舒适，大家都珍惜自己的劳动果实，都愿意去维护这个"荣誉"，从而激发了进取心。

二是为职工创造一个良好的人际关系环境。在创造和谐向上的人际环境中，厂里做到了"四到家"，即对独身职工照顾到家，对患病职工体贴到家，对困难职工帮助到家，对病故职工慰问到家。一位普通工人住院，付万才每到节日都前去探望，坚持了十四年，嘘寒问暖，同病室的其他病友问那位工人："这是你什么亲戚？"那位工人回答："是我们厂长。"大伙儿感到很惊讶。在这位工人弥留之际，问她还有什么愿望，她说："我还要见厂长。"付万才闻讯后撂下手中工作就赶了过去。在场的医生十分感动地说："我有两个没见过，没见过一个普通工人临死前最大的愿望是要见厂长一面，也没见过一个几千人大厂的厂长几次三番来看望一个工人。"

初具规模的吉林化纤

每逢年节，职工食堂的伙食丰富多样，主副食多达几十种，并且卖给单身职工的东西，数量比平时增一倍，价格减一半。付万才衡量职工食堂办得好坏的一条重要依据就是：看它是否微亏。如果适当亏损，公司给予补贴，说明办好了，如果盈利就说明没有办好。

每到大年三十，公司党政领导都要到生产一线与在岗工人们一起欢度辞旧迎新的时刻。

付万才认为，凡是有人群的地方就有好、中、差之分，企业中的职工群体也是如此。他注意总结和宣传先进典型，每年都要利用职代会、演讲会、报告团等形式宣传和培树先进典型。例如，工厂组织的"我爱化纤巡回报告团"，共做报告 20 场，受教育面达 60%，在职工中引起强烈反响。现在形成了公司、车间两级先进典型群体，掀起了层层有典型，层层学典型的高潮。还广泛开展"帮教转化后进职工"活动，每年在分析职工队伍现状的基础上，列出后进职工名单，然后由党员、团员骨干与他们结成对子进行帮教。全公司共有后进帮教对象 81 人，通过工作有 55 人有了明显的好转，后进转化率 69%。

家访谈心是理顺情绪、化解矛盾的好做法。付万才在全公司各班组中普遍推广"三看一找"法，即班前看情绪，班中看干劲，班后看

纪律是「高压线」

结果，共同找原因。此方法的推广，使很多矛盾包括家庭纠纷都解决在萌芽之中。

取信于民，要言必行，行必果。1989年的一天，他早晨下到车间，一纺车间一位纺丝工对他说："我是一名高中生，考大学只差5分，我能不能去深造一下。"付万才当即答应："只要好好干，会有机会的。"回来后，付万才把教育处长老苏叫到办公室，叫他办高考补习班，学员直接从一线工人中选送。有位工厂的干部找到付万才，意思叫他的孩子也参加补习，付万才问他："你孩子在哪个车间上班？"他说："在仪表车间。"付万才告诉他："把你孩子调到一线倒班去，考不上也不许再回原岗位。"他说："那就算了吧。"从一线中抽派工人去学习，就会有一个积极向上的氛围，工厂依靠的是一线工人，他们是生产力的直接创造者，付万才要调动一线工人的积极性。于是，教育处办了两个月的补习班，采取企业出学费、高校代培的办法。第一年，就有21名一线倒班工人到天津纺织工学院和北京化纤工学院进修。工厂花钱，培养的是自己的人才，现在有220名职工已经从高校返回到企业，这些人大都成为公司生产骨干，有5人被提拔为股份公司领导。

随着企业的发展，职工人数由1985年的2000多人增加到10000多人。企业在发展生产的同时，也千方百计地建设职工业余文化设施，为职工们建设了省内一流的体育馆、游泳馆。

付万才认为，丰富职工业余文化生活，也是发挥思想政治工作服务功能的重要内容。采取群众性与专业性相结合的办法，每年按季节举办各种球类、棋类比赛，并举办大型体育运动会和群众性文艺会演，同时鼓励具有不同业余爱好的职工组成各种业余文化协会，如"丝语文学社""文体协会""书法协会""气功协会""围棋协会"等。在普及群众性文娱活动的基础上，公司还组建了专业职工艺术团和男女篮球队。每逢节假日或有重要活动时，就给职工演出和举行比赛活动。职工艺术团在省、市文艺调演中多次获奖，有一定名气，男女篮球队

吉林化纤吉盟公司罐区

也在省市多次比赛中取得好成绩。

工作求实是付万才的一贯作风，在企业的任何事中，他常常亲自抓落实。在他刚刚任厂长时曾发生过一件事，一天下午刚上班，他便将机修车间调度找到厂调度室，问："后加工要的两个塑料法兰加工完了没有？"机修的调度说："已经加工完了。"付万才又问："是什么时间加工完的？"他说："机动处在图纸下边注明是急活，要求在13点前完成，我们在上午11点便完成任务了。"付万才听罢，转身对身后的后加工车间主任说："你听见了没？你不是说没加工完吗？你根本没去取。"这个月扣罚了后加工车间主任五十元，原因是没有抓落实。

付万才说，人是有惰性的，特别是在做出了一定努力并获得了相应的成就之后，人是安于现状的。此外，个人的发展有时同公司的发展不是协调一致的，个人有时是有公司之外的需求的。至关重要的是，人有善良的一面，也有恶的一面，"成也萧何败也萧何"的事在吉林化纤也曾发生过。当员工把好的愿望转化为生产力，就会创造极大的效益，而当员工把惰性带到工作中，给企业造成的后果也是不堪设想的。而制度约束了惰性，使人找不到借口。在吉林化纤，制度把人的管理纳入科学化、系统化的系统中。付万才上任后重点抓了制度无处不在，制度无处不有的问题，正式颁布了60多类，1711个技术标准、工作标准和管理标准，形成了公司、车间、班组三级企业管理体系和纵向到底、横向到边的企业管理制度。

比如工艺处理制度，对处理的部位、方法、质量、时间要求和职责都做出了明确规定，对影响产品质量的人、机、料、法、环等主要因素均提出具体标准和要求。即使职工倒班、宿舍被褥换洗的周期、职工食堂每餐主副食品种和质量也都制订了严格的标准和考核制度，覆盖面之广，规定之细，令人叹为观止。这些严密的制度是付万才为职工规定的"法典"，有了它，职工才明确上标准岗、干标准活、按标准办事的含义。在与职工交谈中，如果随机问一名职工，企业的制度是否太严格了，答案是肯定的。的确，在吉林化纤不许跳舞，不许打麻将，青年工人入厂两年之内不许恋爱，还有许许多多的不准，如走在厂区两个人必须排队行走等。而绝大多数工人都认为，要说严也的确够严的，但时间长了，大家也都明白，因为它是为了公司的长远利益和职工的根本利益。再说，这些制度都是职工应该做到的，而且也是不难做到的，也就是说付万才所定的制度是人性化的，良好的制度是人性提升的内容，他会挖掘人性善的一面。

付万才认为，一个人到了吉林化纤，就应该是优秀的，制度把人优秀的一面保护起来并调动出来，而把影响人们优秀的一面抑制，拓展人性中光彩的一面。

制度化是付万才精细管理的一个方面，规范化则是他精细管理的补充，就如车的两轮，剑的双刃。规范职工的行为，付万才从小事抓起。佩戴厂徽，应该说是一件小事，在吉林化纤，纪律和制度被称为是"高压线"，谁也触摸不得，不戴厂徽而被罚款者不下百余人。不戴

吉林化纤动力分厂航拍图

厂徽一次被抓罚 30 元，而且一年内评先进没份儿，一年后涨一次性效益工资没门，还连带着与月奖金无缘。而付万才自己，不论春夏秋冬，厂徽总是戴得端端正正，就是皮夹克，厂徽也要戴在皮夹克的左上方。有几次，洗完衣服，次日换衣服上班，骑车在路上，便条件反射下意识地看看是否戴厂徽，如没有戴，马上返回，久而久之，他每到换衣服时，就把厂徽放在固定的地方，以便查找。

我曾在一个刊物上看到这样一则故事，现抄录如下：过去日本的渔民下海去捕鳗鱼，很多渔船回来后鳗鱼都死掉了。但有一条船，它回来后鳗鱼是活的，活的鳗鱼比死的鳗鱼价格就高。这是一个难以破解的谜，试想，在水温、地点、装备都一样的前提下，为什么会出现如此现象？令人百思不得其解。后来，这个渔民在临死前把儿子叫到跟前，他把这个秘密传给了儿子。原来，在别的船捕到鳗鱼后都返航时，他又打一网乱七八糟的鱼，这网鱼与鳗鱼不同类，乱窜乱咬，鳗鱼的静止状态被破坏了，也咬它、追它、躲它，这就是鳗鱼存活的谜底。

我讲这个故事的目的只有一个，为什么付万才能够做到的，而其他相同的企业效仿就做不到呢。和吉林化纤相隔不远的一家企业，按规模也是几千人的大厂，他们按部就班地把付万才的录像法也搬了过去。上班铃声一响，大门紧紧关闭，支上一台摄像机，想把迟到者摄录下来，但事与愿违的是，所有迟到者干脆就不上班了，害得车间主任挨家动员上班。为什么有许多来参观吉林化纤的领导回去后落实不了吉林化纤的经验？一言以蔽之，这就是"付万才现象"。那么，"付万才现象"的谜底究竟是什么呢？

有人说，目前多数国企亏损缘于乱。管理是企业各项工作的漏斗，管理垮了什么招也不灵，对国企的乱，诊治措施之一是呼唤"严"大圣。

国家经贸委副主任张志刚到吉林化纤，在二加工车间参观，细心的张志刚绕过参观路线，到二加工的厕所看看，这一看他得出的结论

车间摄影

是：厕所也是星级标准，干净，无异味，一个企业的厕所管到这种程度，其他的管理不言而喻。他这话的潜台词是：制度完善，责任到人，监督到位，层层设防，企业根本不存在制度够不着的管理死角。

　　1998年，吉林市新来的领导面对市里纺织的不景气和市场的萎缩，来找付万才破解难题。在一次为6万吨腈纶项目的资金协调会上，市里领导最后说："老付，6万吨腈纶的资金市里帮你跑，市里的问题你得给解决，把麻棉厂和舒纺划归给你，组成纺织集团，你来做一把手，一来给你压担子，二为市里做贡献。"付万才说："这么大的事，要班子研究，个人做不了主。"市领导马上说："你班子成员都在这里，我在外面等一会儿。"说完就要走。付万才急中生智说："今天这么晚了，你明天听信。"送走了市领导，这会就散了，信是听不到了。这样的事并不是偶然，党的十五大召开后，其中对企业有一种说法叫强强联合，组成集团，省市的领导权力下放，拟定在全省组成纺织集团，由付万才任总经理，这意味着付万才可提升为副厅职务，但付万才并不为所动，他有胆有识，不唯上而且根据企业实际稳步发展。我曾担心他顶撞上级不好，和他交流时，他说："我一不图升官，二不图发财，不叫我干，我马上卷铺盖回家。"

一张饭费发票

20世纪90年代初，我被一纸调令派到付万才身边，在企业秘书处当秘书，原因是省环保局搞企业绿化、美化评比，市电视台拍摄专题片，有三个人写专题片脚本，原办公室秘书老何、宣传部老吴和我，老何第一句话"吉林化纤坐落在松花江"，被记者问倒，记者问："你们厂在松花江里呀？"老吴的脚本因为政治口号喊得太多，稿子被枪毙了，我在三人中胜出。这时候有人关注我了，认为这小子能写，我们那时候能写也算文艺青年呢。阴差阳错，我稀里糊涂地走上了新岗位。秘书处两个人，另一个是路处长，人家戏称谢路秘密。从教师到秘书，我是陌生的，还好，我的任务就是写字，付万才对我写的文章很少有好评，只有一次他在右上角批了个"很好"，不知道何故，后来又用钢笔划了N个道道。

记得有一次和付万才去省城参加工业会议，带我是为了写落实省工业会议下的指标保证措施，临出门在走廊与匆匆去卫生间的葛副总撞个满怀，他低头前行，我转弯没有遵守"一慢二看三通过"交规，他并没有责怪我，而是把我拽到一边，神秘兮兮地说："你和老板出差，带钱没有？"我有点奇怪，问他："带钱干什么？"听说他过去当过秘书，他经验丰富，告诉我出门吃饭要主动去买单，发票名字别写错。看看周边没人，小声说："回来把发票给我。"我茅塞顿开，乐了。原来出门吃饭还可以不掏钱，过去当老师聚个餐买单时大家大眼瞪小眼，有人装尿急，有人假情假意慢腾腾地摸兜，就是掏不出钱，更多的人是不言不语低头夹菜，斜眼看服务员的账单。后来我们AA制，还为四舍五入心里不舒服。吉林市到长春是省道，司机师傅车技很好，两个多小时到达省宾馆，我第一次进省会，一路上眼神不够用，心想，长春市真大、真好，如果能在这里上班，那才是光宗耀祖呢，我正在做白日梦时到了。开完会已经 11 点多了，会议有饭吃，但是付万才看了眼手表说："走吧，下午去工地看看。"那时候企业每年都有项目上，他提出"三个人工作两个人干，抽出一个人干基建"的口号。说走就走，车驶向距吉林市 70 多公里的龙家堡小镇，路边大大小小几十家饭店，招牌一个比一个醒目，金酱排骨、猪肉血肠、酱焖鲫鱼、小鸡蘑菇，我的最爱是酸菜粉条，那酸溜溜的汤一下肚的感觉舒服极了。我们在一个叫"百菊酒店"门前停车，司机和老板娘对个挤眼，

百菊酒店

年轻漂亮的老板娘心领神会，忙腾出桌子，一副样板戏《沙家浜》的阿庆嫂形象，垒起七星灶，铜壶煮三江，摆起八仙桌，招待十八方，来的都是客，全凭嘴一张，相逢开口笑，过后不思量。

她递给我一个菜单，我看了一下，想起有次吃饭赵副总的话"坐车不指路，吃饭不点菜"，他解释说：指路对，没有人说你好，指错了，别人会埋怨；吃饭呢，因为众口难调，你做不到所有人都合口味。我浏览菜单后下不了决心点菜，恭恭敬敬地把菜单送到付万才面前，付万才点了一个烀猪蹄，一个京酱排骨，一个酸菜粉条，一个黄瓜钱炒土豆干，一个丝瓜汤，四菜一汤。第一次和他面对面吃饭，我有点小紧张，吃饭他基本没话，司机啃了一块排骨，埋头拼命往嘴里扒拉饭，他那架势就像战争时敌人快撵上来了似的，付万才啃了两块猪蹄，喝了几口汤，就默默地看着我吃，我平时吃饭人家叫我铁扫帚，风扫残云，可是这次

一张饭费发票

太多了呀，我先是啃了两块排骨，付万才见我有战斗力，又给我夹了两块猪蹄，加上酸菜粉条是我的最爱，对土豆干黄瓜钱也情有独钟，当肚皮吃透明时，付万才说："都是花钱买来的，

2017 年又见百菊酒店老板

别浪费了。""老板的话是真理"这句话我早听说过。司机见状，放下筷子，说要去整整车，借机溜了。见我吃的动作慢了，付万才又吃了两口，但是我真感觉那排骨顶着嗓子眼了，便可怜巴巴地看着付万才的脸说："还是，还是打包吧。"他轻轻点点头。趁着老板娘给他倒水，我去买单，老板说付总买过了。我开了发票，一共 87 元。车又开了，走了大约 10 分钟，坐在副驾驶位置的他突然对我说："把发票给我。"我一边掏发票一边想他怎么知道的呢？真是洞察秋毫。我说，付总看看单位对吗？他没回，接过发票看也没看一眼，撕了四下，递给我说，下车后扔掉吧。吓得我一声不敢吭。司机师傅插话了："你新来的吧！和老板出差吃饭不用开票。"后来，长春欧亚商都董事长曹和平问我："听说付万才出差吃饭自己买单，真的吗？"我告诉他："十几年如一日，你在我们财务找出一张他吃饭票子，就是贪污。"曹和平心悦诚服地点头说："老付廉政，不是装的。"

两张汇款单

　　那个时候社会上形容我的工作是"眼睛花头发掉、费烟卷省粮票",有点靠谱。但是秘书工作也有优势,我从小就喜欢写字和阅读,读师范化学专业,专业课学得稀里糊涂,成绩往往在及格左右,60分万岁。有一次期中考试,全班51名同学,只有8名及格,我却位列前八,平时的中下等生,成为这次考试的黑马。有些人围着我探问秘籍,我拿着考卷,他们一把抢过去探索秘密,原来有40分填空题我得了15分,他们最多7分,再看我的填空填得全部都是A。我说,反正也不太懂,但是有一条我懂,老师出题的时候,ABC填空,A的概率最少33%。同学们恍然大悟,在一旁看热闹的老师乐了。那时的家长大多不过问成绩。我妈说:"儿呀,别冻着、别饿着肚子就行。"不像现在家长盯着成绩不放,那个时候生存最重要。参加工作常常做梦想发财,想想有句歌词"敢问路在何方,路在脚下。"我呢,路却在手上。卖字吧,开始写小文章,记者叫"豆腐块"。我第一次给郊区广播电台投稿,收到5毛钱稿费,正是这5毛钱给了我信心,到了秘书岗位12年后,稿费累计到了2万元,这其中包含付万才的240元钱。

　　1996年夏季,中共中央一位高级首长视察东三省,参观了吉林化纤后,临上中巴车前握着付万才的手说:"这个厂搞得不得了。"后来又在长春市南湖宾馆召开东三省企业领导干部座谈会,会上,付万才同志发言受到好评。那位首长在会上还当着大家的面问付万才的年龄,事后有人说付万才可能马上要调北京了。调北京的事石沉大海,但是吉林日报大篇幅报道他的讲话是真。有一天文书小常递给我份汇款单,我一看不是我的,是付万才的,她见我发呆,告诉我是老板给我的。这是我把

吉林化纤 3 万吨高改性复合型强韧丝项目全景

付万才讲话稿整理后以他名字发表文章的稿费，40 元。那个时候我工资几百块钱，40 元数目不小，记得猪肉 3 元左右一斤。我敲开付万才办公室的门，没等他喊进，我已经推开门。他正在玻璃窗前眺望，他办公室在四楼，斜对着的是厂大门，我们厂是四班三运转，正值四点班下班，作为万人企业，一个班次两千多人，下班铃一响，人们蜂拥而出，道路宽度有限，过去曾经出现摔伤事件呢，后来企业要求在厂区"两个人成队"，像军人一样，这也成为吉林化纤一道靓丽的风景线，让许多参观者叹为观止。付万才检查员工下班排队是一个享受，看到朝气勃勃的队伍、遵守纪律的员工，他有一种成就感和满足感。付万才听到有开门声，转过头来，见是我，没有吭声，又把头转向窗外望去。我也赶来凑热闹，窗户外边大个子劳资处杨处长戴着执勤红胳膊箍，像是宪兵部队的，队伍中有人和他打招呼，他表情严肃，装作没看见。见到此景，付万才嘴角动了一下，不知是褒是贬，我趁机把汇单递给付万才，他没接，而是从抽屉里面找出他身份证给我，对我说："你写的，应该你得。"我要争辩，见到他不容置疑的样子，话到嘴边又咽回去了。

第二个汇款单是事隔不久，有个《纺织思想政工研究》杂志的征稿活动，题目是企业家论质量，我写稿后给付万才看，他掏出笔修改，我以他名字署名发表，结果评上一等奖，奖金 200 元。有了上次教训，我和文书小常商量，决定由小常交给付万才的女儿，这样万无一失。不久召开全厂职工大会，我把稿子送给付万才后，转身离开时，他喊声小谢，我回头，他从兜里掏出准备好的 200 元钱递给我，我们心照不宣。

顺丰快递不顺风

在付万才身边，财务处长小王曾送我一个职务——"会议代表"。1999 年初，国家纺织工业局召开全国纺织经济论坛，那通知写得明明白白是企业一把手参加，付万才在文件上批示四个字"谢秘参加"。这四个字我常见，付万才也许是因为糖尿病，到外面应酬不方便，更重要的是想培养我，我没有体会到后话，因为他常常批评我，当着我面说叫组织部部长换秘书，喊了好几年，搞得我如履薄冰，惊恐万状。

有次，文书小常神秘地跑到我办公室，开口笑着问："谢秘，三亚去过吗？""没有"，我正在写稿，头都没抬，她把文件递给我，是红头文件，是中国纺织报在海南三亚亚龙湾召开记者站会。我那时候是驻吉林省特约记者，说是记者其实是山寨记者，也不发记者证，也没经费，也不用政府批准。海南对我的吸引力太大了，小时候，有个样板戏叫《红色娘子军》，万泉河水清又清，我编斗笠送红军，军民团结一条心，一条心。常常在梦里看见海南风光，也更想看看崇拜的娘子军。那时候的流行歌曲是《外婆的澎湖湾》，阳光、椰林、海浪和沙滩，我恨不得马上见到那个老船长。我过去出差最多的都是去北京，没有跨过长江。小常琢摸透我的心思，引诱我："怎么不和老板说呀？"企业

吉林化纤 5000 吨连续纺生产线

收到文件流程是由文书整理，交董事长批示，批示后返回文书，由她通知。我们俩设计一个方案，我的想法是在十几个文件中把那个放文件放在首页，先察言观色，老板高兴时呈送案头。她说不妥，还是放最后合适，老板先签的看得仔细，思考力强，后来的也许不注意，就放一马。她有经验，按照她的办呗。自此，我常出现在文书办公室，有次被付万才撞见，我心虚，直接奔向卫生间，有天做梦，梦见在蔚蓝海岸线，遥望星空，被老婆推醒，说我说梦话了。第二天，小常告诉我，其他文件都批示了，只有这个没有批示。我俩人又开始谋划，我猜想没有批也没不批，说明成败参半，下一步，小常叫我去找老板，我犹豫，害怕被拒绝尴尬。正巧，电话铃响，是中国纺织报来的，我把听筒递给小常，小常"啊啊"两声，放下电话说，人家催了，问我们谁参加会呢。一不做二不休，她拿着文件推开董事长办公室的门，我忐忑不安地守候在门外，见她没出来，索性回我办公室等，正当坐立难安时，小常喜形于色地敲开我办公室的门，看到她"写"满成功的脸，我知道可以如期赴海南三亚亚龙湾开会了。

再说这次，我到北京饭店报到，组织会的中国纺织企业家协会赵跃进副秘书长一看又是我来了，就问："你们老板没有时间，副总也没时间？"我反问她："我替老板不行是吧？"她忙改口："行，行行。"回到吉林我跟付万才汇报会议情况，把赵副秘书长的话原汁原味托出。付万才愠怒对我说："你告诉她，你也是副处长。"我马上纠正："副处级秘书。"他说都一样。那次海南之行，我从心里感谢小常，给她捎了一袋椰子糖送去，她见到我说："谢秘，正要去找你，你看咋办？"那时候，我在办公室被人称小诸葛，鬼点子多。我问什么事？小常把办公室门反锁了，这个动作吓我一跳，付万才最恨的是男女作风问题，我为避免流言蜚语，一般只要单独和女同志在办公室，门一定要敞开。小常示意我坐下，从抽屉里取出个顺丰快递包裹，从中掏出个存折和一个纸条，我仔细看看存折，6位数，这么多，吓死人了，再看纸条，是密码，存折是付万才女儿的名字。这是怎么回事，小常让我出主意，本来我是吃瓜群众，但是小常在我海南之行上的贡献，咱不能忘呀，"滴水之恩当涌泉相报"。我眉头一皱，计上心来，问："老板知道吗？"她摇摇头。"这就是你错了，老板自己的邮件，你拆了干嘛？"话一说出又后悔了，显然这句话没有营养，这是她工作职责范围内的事。我们开始商量，给老板吧，老板为人处世我们心知肚明，不给老板也不对，毕竟是写着老板名字的，思来想去，我对小常说："向毛主席保证，我不知道，我守口如瓶，你送老板处理吧。"过了两天，纪委书记老范来电话叫我过去，在他办公室的抽屉里拿出那个顺丰快递包裹，老范说："现在是防不胜防，行贿手段翻新，这个是老付叫小常交来的，行贿新套路，你研究下……"

好日子来得有点迟

付万才历经坎坷，虽然一直在默默努力，阳光却离他很远，改革开放后重用知识分子，付万才才显山露水，进入人们的视线。1985年任厂长时已经是48岁，权力交给他，责任也同样交给他。他认为企业首要任务是发展，只有把蛋糕做大，才能做强，吉林化纤的发展成了重中之重。1996年，黏胶长丝工程建设拉开帷幕，这个项目填补当时空白。正当基本建设项目如火如荼地展开时，家里出了问题，他爱人，厂检验处副处长生病了，开始是咳嗽不止，咳嗽得半夜醒来睡不着觉，后来咳出黑色黏稠状痰液。

付万才对爱人一直心怀愧疚，两人结婚简单得不能再简单，生活一直是捉襟见肘。大女儿上初中，离家三里多地，大冬天，到了礼拜天，两个人一大早就爬起来，一个擀饺子皮一个做馅，饺子包好煮好，饭盒装好，先用毛巾包一层，为防止饺子凉，再套上棉手套。在雪地里艰难地前行，一个骑自行车，一个捂着饭盒坐在车后，骑不动时，一个前边拉，一个后面推，到学校看着女儿把饺子吃下去，再回家做自己吃的玉米面饼。结婚二十多年，夫妻俩没红过脸。这次病来得太突然，付万才对老婆说："放心，天边能治好咱就去天边治。"可是天边也治不好她的病了，因为患的是绝症。

除了陪老婆去看病，更让他放心不下的是工程。这个厂是 60 年代为解决人民穿衣问题，在全国 12 个省建的 12 个化学纤维厂之一，1964 年投产，年产 3400 吨黏胶纤维，运行二十多年，仍然是单一品种，现在建设的黏胶长丝，是二十多年来企业的最大项目，他身上担子重啊。为大干快上，除了建设基础设施外，能够自己干的都自己动手，付万才善于练兵和打造队伍。电视剧《亮剑》中李云龙的台词用在付万才身上恰如其分，他说"军魂是建造这个军队的人铸造的，无论何时都会传承下去，这就是这个军队无往而不胜的法宝。""基建三班倒、班班见领导"，付万才一贯喜欢现场解决问题，这样做为了少扯皮。而工人们更喜欢他在现场，心里踏实。这天，正值乍暖还寒的初春，他穿着雨靴，手握砖头模样的大哥大，刚刚到工地，他身边便围来一群人，有人反映中午送的饭菜都凉了，有人说菜里面见不到肉星。他操起电话打给食堂，买保暖桶，要让会战工人吃到肉。那个食堂管理员正在申辩，他急了，在电话里说："保温桶厂里报销，买肉给补贴我签字。"听罢，工人们心满意足地散去。

付万才两头都忙，一方面，爱人的病痛折磨着他的心灵；另一方面，基建工地诸多问题交织在一起，需要他拍板定夺。一天华灯初上，和往常一样，他服侍爱人吃了药，穿衣服准备出门去工地，出了门准备关门时，他回望卧床多日的爱人，直觉告诉他不对劲，往日吃了药，爱人会安静地闭上眼睛休息，今天眼睛却睁得大大的，死死盯住他，一种不祥之感顿时笼罩上他的心头。付万才索性踅回，脱掉外套，安慰她说："不走

吉林化纤文化宫

了，今天就陪你。"听罢，爱人脸上露出久违的笑容，正在这时，"丁零零……"电话响了，他犹豫了一下，电话一直在响，最后他还是接起了电话，电话是工地打来的，基建办李副主任认为设备安装的图纸有问题，一批干活的工人急等答案。付万才不去现场显然不行。他望着爱人，走到床边，拎起暖水瓶，倒水浸泡一会儿毛巾，拧干水，敷在她脸上，轻轻给她擦好脸，对她说："明天把大姐接来照顾你。"可是他说的大姐（她的姐姐）却没有接来。那天，当付万才拖着疲惫的身体回到家里，相濡以沫的爱人撒手人寰，永远离开了人世。

说实话有那么难吗

"嘀嘟，嘀嘟"救护车鸣笛示警驶进厂区，时间是1995年5月4日中午，我撂下筷子，向着响声飞跑过去，救护车进厂区不会有什么好事，脑海里闪过无数个假设，失火？不对，这不是消防车的声音，一定是工伤事故，但企业有规定，一般的情况下，厂区不允许救护车鸣笛的，那么这是什么情况？那救护车在原液车间停下，远远望去，

吉林化纤办公大楼

几个人抬着一个血淋淋的人上车，我距离有十几米，看不清是男还是女。正在这时，小车队司机韩庆波驾驶汽车停在我身边，喊道："谢秘，上车。"我们随救护车驶向公司医院，在抢救室里，几个医生护士手忙脚乱，估计没有经历过这种场景，我第一反应是报告付万才，找到急诊室的电话，拨了总机号码，值班员没听清我声音，问我是谁，又说老板正在吃饭，言外之意是不便打扰。我有点急了，声嘶力竭地吼："我是谢秘，出事了。"那总机值班员连声道歉，"对不起，对不起，没听清，我马上转，马上。"付万才接了电话，我却说不出话来，他急了，说："小谢，什么事？你别急，慢慢说。"我咽了口唾沫，断断续续告诉他，原液车间有人受伤，正在医院抢救。他告诉我："你别急，我马上到。"不到五分钟，付万才出现在医院。他简单问下情况，大声对有点慌神的院长说："抢救室无关人都出去，派人联系吉林市附属医院急救中心，抓紧止血。"那个邵院长跑到走廊，手忙脚乱的声音都变调了，喊道："献血，献血，谁是 O 型血。"在医院围观的工人都撸着胳膊排起队等着验血，给付万才开车的司机师傅说他就是 O 型血，他第一个抽的血。轮到我了，抽血的说，血够用了。输过血后，伤员醒过来了。这时候抢救室里除了医生、护士，只有厂公安处的处长、我和付万才。付万才问受伤者是谁干的，伤者喘了几口气，用微弱的声音断断续续地说："张…×…×。"付万才立即命令公安处长抓人，报告市公安局。

后来知道受伤者是车间工资员，那天发工资，正值吃饭，有些人没有按时领，她把没领的上千元工资锁在抽屉里了。抢钱的是车间工段长，厂里刚刚拿六万元给他做了心脏手术。那时候，一些企业已经进行医疗改革试点，付万才还没进行改革，吉林化纤仍然有病全额报销，他说，职工为企业发展贡献力量，有病一定要管，只要能治好，到什么地方看病都行。那个工段长取工资时发现有没有发放的钱，便回家取个尖刀，藏在裤子口袋里。厂区到生活区也就十几分钟，他十二点左右回到车间。那个工资员刚刚撂下饭盒，想眯着睡一会儿，此时屋里只有她自己，这时有人敲开门，见是熟人，就让他进来了。那个工段长进门就把门反锁上了，她没多想，以为有什么八卦新闻要发布呢。那工段长直截了当问工资员："钱呢。"工资员捂着抽屉，他凶狠地说："让开，让开。"工资员认为在和她开玩笑，仍然笑眯眯看着他。他一把拽住工资员，往旁边拖，这一动作使她明白了，她喊了句："你想干什么？"说时迟那时快，他的刀刺向对方，嗵嗵响了七声，刀刀见血，其中有一刀捅向离心脏最近的地方，她倒在血泊之中。他抢钱后仓皇逃走，这个过程不到十分钟，所幸的是他忘了关门，离上班时间还有三十几分钟，正好一个同事去取水杯，一推门，见到血泊中的工资员，立即喊人报警。杀人者认为那个工资员已经死掉，回家把带血的刀子擦干净，把沾血的衣服卷起来塞进厨房的水池下，再找机会扔掉。这时，有人敲门，他从容淡定地开门，却见两个公安处干警。

　　本来故事已经结束，但是后来的情景不能不说。那个工资员被及时送达市医院，经治疗，脱离危险。公司公安处有人找到我，他们要上报请功，请我修改上报材料，一个杀人犯不到一个小时被逮捕，可想而知是多大的功劳。公安处的人说，不仅集体立功，个人也有奖励。上报材料写得特别专业，从接到报案及时布控，到仔细排查嫌疑人，再到准确把握嫌疑人动向，不费一枪一弹就抓捕了。我拿着材料到付万才办公室，问他怎么办。他义正词严地拒绝上报请功，说："都知道是谁干的了，我带个瘸子也能抓住。"

"一切皆有可能"

"你出个差，去北京，中国化纤工业协会，把推荐函办好。"付万才交代我的任务有两个特点，一是急，二是硬。急者需要材料急，比如，上级领导要求介绍计划生育的经验、安全生产的经验、人力资源管理的经验，以公司名义的材料，基本上是专业部门提供材料；硬者难搞定，别人搞不定，我首先进入他的视线。1998 年，企业申报"中国驰名商标"，所有的材料都准备齐全了，就差一个材料是协会的推荐函，公司先后派出两名处长都没有搞定，这次到我冲锋陷阵了。

我坐吉林到北京的 271 次火车，第二天一早敲开了中国化纤工业协会的门，找到认识的郑世英处长，她见到我特别热情，一边嘘寒问暖，一边倒水让座。我急于完成任务，便问："现在化纤协会会长是谁？现在是否方便？"她马上说："在六楼开会，我陪你去。"到了六楼会议室，会议领导还没到，会长叫郑植艺，正在和他人聊天，我以前认识他时还是副处。握手后我就打着付万才旗号说："付总叫我来找您。"听后他笑了，笑容意味着办事有戏，他问："付总派你找我什么事？"我一五一十地向他汇报，他听到后果断地说："支持，没有问题，找郑秘书长。"

原来女处长现在是秘书长了，有会长的支持，问题迎刃而解，我找她时，她已经收到会长通知，说："你回去把材料写好带来吧。"我说："现在写不行吗？""怎么写呀？"我笑了笑说："你帮我请个打字员，十一点完成。"我抬头看看挂在墙壁上的时钟，现在是九点十五分，她半信半疑，交代办公室的打字员为我服务，我写一页她打一页，校对两遍，待郑秘书长办事回来推开办公室门时，正好十一点，她仔细看了两遍，改了两个字，又把涉及的数据，与年报上的数据核对，

吉林化纤加工车间

我是哑巴吃饺子——心里有数，因为这些数据都是经我手上传的，她说："谢秘，什么脑袋，连小数点都不差。"我摸摸秃头说："秃顶脑袋呗，光明大道不长草，秃顶脑袋不长毛。"

其实，我从小就不是博闻强记的料，但是在付万才身边工作，没有极强的记忆力一定会被淘汰，有时候，他会突然问我："小谢，去年这个时候，销售收入多少？产值多少？利润总额多少？"答案差一个小数他都会纠正。他每个月都考我，我要应对，不做功课可过不了关，厂里的处长被付万才考了三次都差之甚远。有时付万才让我们两人面对面考数据，先让处长说，再让我答，如果记不住，憋得脑门出汗。那个处长比我大五岁，也是大笔杆子，但是嗜好"杯中酒"，可能脑子喝晕了，所答非所问的时候多，付万才说他尽"胡咧咧"。

郑秘书长自此逢人就说："这个谢秘，写得太快了。"我诙谐地说："优点是快，缺点是太快。"我给她讲了个故事，在吉林化纤集团上班时，有一次，我、同事老刘和一女同事去市内办事，在水果摊买水果，

吉林化纤厂区一角

三个人挑了三个苹果，称好后我狼吞虎咽，两三口苹果就进肚了。另一个是女同事，细嚼慢咽地啃，老刘交了钱，从秤上取了苹果，回头看看我和那个女同事，问老板："不是三个苹果吗？那个呢？"老板看看女同事，苹果拿在手里，看看老王也攥着一个苹果，奇怪地说："刚刚还是三个呢。"我见状，告诉老板，另外一个在我肚子里。他们面面相觑，老刘说："你比电影里地下党被敌人发现，吞咽秘密文件还快。"后来我到中国纺织工业联合会上班，郑秘书长又被提拔为副会长，她一见到我就会老话重提。其实，内行人都知道，好文章是改出来的，但我不行。

从1998年开始，市、省、行业乃至全国学习吉林化纤，学习付万才，纺织行业提出"南学华茂，北学吉化"，1997年，中共吉林省委组织部电教室拍摄专题片《共产党员付万才》，我陪省委一个处长到当时的中国纺织总会，吴文英会长组织司局长观看，看了专题片后，她说："付万才同志是我们行业的典型代表，我们行业要向他学习。"回到吉林，我陪公司党委胡丙谦副书记，把此事汇报给省纺织厅，办公室李冬梅主任马上打电话向在新疆出差的王培之厅长汇报，中共吉林省纺织厅党委发文件提出向付万才学习，此外，中国纺织总会、中共中央组织部等都有发文。那段时间，来吉林化纤参观考察的全国各地代表络绎不绝，据统计，半年时间接待6000多人次，还有各级媒体的采访，千条线穿一根针，都需要材料，都集中到我手里，我不快行吗？

付万才还有一特点，电视机镜头一照他就紧张，好在他记忆力强，每次我先和记者交流，把采访要求吃透，再传达给付万才，他基本一次就过。2000年中央电视台新闻记者采访，拍摄后传回台里，两次都被否决，两个记者慌了，找到我，我告诉他们："企业管理的精髓是人员的管理，人的主动性、积极性是企业生存之本，质量第一，安全生产第一，所有的都是人去完成的，吉林化纤的管理特色就是从严治厂，解决'严人不严己、严下不严上、严疏不严亲'的问题，便能使生产有序，发展快速。"他们茅塞顿开，又重新拍，终于通过。那时候，吉林化纤有一个怪现象，所有媒体记者采访不找公司宣传部，都找谢秘，凡是办公室接到采访付万才的通知，付万才都批示由我接待。经济日报有个记者姓刘，要采访付万才，付万才说找谢秘，他问："谢秘书能代表你吗？"付万才肯定地说："能。"1999年冬，中国纺织企业家协会在成都召开会长扩大会，付万才又派我参加，会上企业家纷纷介绍自己企业的管理情况，我坐不住了，悄悄跑出去给付万才打电话汇报："会议有介绍企业管理经验内容，咱们讲不讲？"他肯定地说："讲呀！"我为难地说："谁讲呀？""你讲呀，你代表我讲。"我真的讲了，事后，陕西省五环集团办公室主任郭健见到我说："我们董事长王树平表扬你了，说你这个付万才的秘书不简单。"听后，我有点窃喜呢。

要想人不知

"咱们干部中，小谢和亚忠喜欢摆弄车"，这句话是付万才跟小车队的队长赵建国说的，小车司机刘长顺听到后就告诉了我。小谢指的是我，亚忠是供应处副外长李亚忠。我有点纳闷，怎么就摸三次方向盘就暴露了？

说起摸车，我并没有无证驾驶，还真有个驾照，当时在我们企业有十三辆小车，车还是一个稀罕物，对车的喜爱和渴求几乎是每个人的追求。驾照在手，见到车手就痒痒，欲望驾车的样子，早被公司人精司机看透。一天我去长春办事，正在从吉林往长春行驶，司机李志臣看一眼倒车镜，右打灯，车缓缓地停在路边，手煞车拉起正在我不知他葫芦里卖的什么药时，他开了车门甩了句："你开"。这幸福来得太快，我兴奋之情溢于言表，他坐在副驾驶位置上看着我的脸说："别装了，开吧。"我小心翼翼地挂了起步挡，加油，车发出嗡嗡的声音，他心知肚明地说，刹车没摘。我手忙脚乱地摘下手刹。看看倒车镜后面没有车，又加油，他替我挂二挡又挂了三挡，我像受了惊似的，头上渗出了汗珠，眼睛直视前方。转眼间一只鸡从眼前掠过，突然一个颠簸，说时迟那时快，车向路边沟里冲去，李志臣急中生智，麻利地摘下挡，车停在沟的边缘。第一次试车结束，吓得我一身冷汗。李志臣似乎预料到结果，他不动声色地和我换了位置，见到车轱辘下面目全非的鸡，我问他："怎么办？"他发动车后倒出去，厉声说："快跑。"我们便逃之夭夭。这就是我第一次摸方向盘的经历。

另一次是和公司一个叫于二的司机去农研所，大路口没有车和人，于二调侃说："大哥，别装了，你不看前面，却一直盯着方向盘，我就知道你想干什么！"我缓缓加油，手握方向盘，路上行人投来羡慕的目光。那时候，我住在农研所妻子分的平房，晚上吃饭时妻子突然撂下筷子，问我："你开车了？今天两个人告诉我，食堂老付和大李子都看见了。"还有一次是和王景跃去吉林市，他开的是商务车，我在桥上急转弯，险些撞到行人，王景跃下令停车。

正当我为自己惊心动魄而又最终平安的试车欣喜时，后面发生的故事让我心有余悸。吉林市到长春市九十六公里，销售处一个姓于的干部和司机接送客户，走到一半的时候，销售处干部就和司机换了位置，不知车速太快，还是他车技差，车径直冲过隔离带到对方的路上逆行，正好对方过来一辆小汽车，躲避已经来不及了，头对头地撞上。

对方汽车里还有一位年轻的妈妈，是从美国回来的，结果加上司机三个人当场死亡。对这个事儿，付万才特别生气，当着我的面严厉地说："都是违法违规的错。"我知道，这个干部表现不错，企业

吉林化纤体育馆

本来准备提他为中层领导，结果就搁置了。

付万才在大会小会上，把这件事当案例，没有驾照的人不能开车，有驾照的人不能随意动公家的车。从此之后我再也没有摸过企业的车，刘长顺告诉我付万才已经知道我摸方向盘的事，我一直准备挨批时，却风平浪静。我从这件事体会了一个真理"要想人不知，除非己莫为"。

担当需要成本

东北的隆冬，北风呼啸，滴水成冰。付万才家在我通往厂区的路边上，靠近路左边，一个 70 平方米的两室楼房，他住四楼，1986年他爱人去世，两个女儿住校读书，他一直一个人住，他常常说自己吃饱全家不饿。每天晚上他都睡得很晚，他习惯把上班发生的事情回放一遍，该处理的事情从来不过夜。公司总机值班员都知道，晚上九点钟到十一点钟付万才打电话频率最高。那时公司安装电话限制很多，除公司领导、主要生产车间主管生产主任、主要处室领导外，其他人没这种待遇。因为付万才白天像是个陀螺转个不停，他每天都带文件回家，夜深人静时看材料，看到材料有问题马上就要询问、交流。

我住的地方距他家要走 10 分钟左右的路，有些材料上的事，过去都是楼下王晓波总工程师喊我接电话，不是太方便，我们家厂内给安装电话算是破例。安装固定电话，面子有了，麻烦又来了，试想正在梦乡，被刺耳的铃声吵醒，听完一顿批评，还有心思睡吗？起来吧，点台灯改稿子。我们家 30 平方米的房子，妻子、孩子三口人，且孩子刚刚上小学，全家陪我不睡，怎么受得了。有一次，我几个同学见面，不知道谁说谢立仁厉害，家里有电话，我发自内心说出来的话是"天不怕地不怕，就怕老板来电话"。

有一天后半夜，付万才关灯睡觉，"嘭，哗啦啦"，声音响彻夜空。须臾，几乎整幢楼房灯亮

吉林化纤游泳馆外景

起来，有人披着棉袄，跑到马路中间向上望去，发现四楼一个窗口空洞洞的，玻璃犬牙交错，楼下一堆玻璃渣子。又跑出来几个邻居，他们纷纷议论，猜测是付董事长家。付万才听到响声，猛然从床上坐起，已经预感到发生了什么，幸亏他没在那个屋子里。他没有开灯，披上衣服向窗外望去，昏暗的路灯下，一个黑影掠过，他有点害怕，坐等天亮，显而易见，这是冲他来的。

自从开始从严治厂，事情就没消停过。1985年后，企业陆续从社会上招进2000多新工人，这些人中有的头发像鞭子，散漫随意，打架斗嘴，最不能容忍的是睡岗、脱岗，以至产品质量波动，用户口碑极度下降。付万才亲自抓纪律，上班铃声响起马上关大门，大门口聚集了一群迟到者，有人跳门，也有人钻铁丝网，工厂有一个铁路专用线，正值运送硫酸的火车进厂，大门一开，迟到的工人蜂拥而至。付万才抓住一个另一个跑了。那段时间，他反复想是什么地方错了，通过仔细观察，发现是门卫有问题，虽然穿着制服，但是不干门卫的事情，明修栈道，暗度陈仓，大门口只要一个认识的，便偷偷摸摸地放人，其他人便借光。他先从门卫入手，换上叔叔阿姨级的老工人，用付万才的话是老工人"精忠报国"。有位陈姓的老工人，因为大嗓门，外号叫陈大炮，他严肃认真，只要迟到亲儿子都不放过，还有一个叫老张太太的，麻子脸，纸烟不离手，特点是谁都不怕，被她抓住别想挣脱，这一男一女当班付万才最放心。

再者，付万才找到劳资处杨处长，以机关干部为主，成立执勤队，专门抓睡岗者，抓一次罚30元，并取消半年奖金，杀一儆百。在厂区大门口设立醒目的黑板，每天曝光罚款人名单，有个中层干部子女睡岗被抓，她不以为然，因为她们家是付万才邻居，不是付伯伯说了算嘛，怕什么。劳资处杨处长真不好意思处理她，盯着付万才的脸，轻描淡写地说这事，他在考验付万才，付万才态度坚决，对杨处长说："就是我姑娘也不行。"结果这个罚款一石激起千层浪，连干部子女都不放过，"一碗水端平"这句话信了。付万才说："打铁要靠自身硬，抓纪律你们看我，抓住一次当百次。"他说到做到，要求职工7：30上班，他长年如一日，每天天一亮便出现在厂区，要求工人做的，他首先做到，厂区排队，抓反复，反复抓。有次我和付万才一前一后在办公楼往调度室的路上，他说话我没听清，紧赶两步，成了并肩走，他马上停止脚步，批评我违犯纪律。

付万才严抓纪律有人不满，便变着花样报复。有个工人假装从厂里拿木材，扛着木方往门外走，陈大炮连喊带跑地追，那个人猛一转身，木方正好打在脸上，鲜血淋漓，到公安处处理也没办法，那叫作案未果。砸玻璃是他们很有效的报复办法，公安处蹲点数日都没抓到现行。付万才为了防范，批准给行政管理处长安一个厂内电话，准备好更换的玻璃，一旦玻璃被砸碎，马上修复。有次半夜，付万才窗户玻璃又被砸了，第二天砸玻璃的觉得奇怪，明明听到响声，怎么玻璃完好无损呢？原来趁天亮前就复原了。付万才"兵来将挡，水来土掩"，把从严治厂一抓到底，从不松懈。

大年三十他一直在做这件事

　　除夕夜举家团圆之际，按照中国人的习惯，要包饺子、煮饺子、吃饺子，这也是我儿时的盼望，80年代，虽然如歌词"改革开放富起来"所说，但是还没有现在富。自从1985年付万才当厂长起，把年三十晚上给坚持在生产、工作岗位的职工送饺子，当成不成文的规定。

　　我的邻居是倒班工人，我们住的叫青年楼，64平方米两户人家，一个厕所两个厨房，一个门，关上门就是一家，两家孩子年龄都差不多，我的女儿5岁，他的儿子4岁，小孩子一会在他家玩，玩腻了又跑到我家，有些好东西大家分享，这也是一个特色。因为工厂年三十包的饺子肉肥油多，那邻居妻子舍不得吃，每年初一我们基本都可尝到香浓可口的饺子，孩子们也盼着这一天。小孩子淘气，脾气大多像是6月天气，说变就变。一天，女儿哭着从邻居家跑回，其实也正常，妻子问原因，她童声气说："邻居阿姨说，跟她儿子打架不给饺子吃。"

　　记得有一年冬天，快过年的时候，在付万才办公室，我写个给老工人的慰问信稿子，请他改改，也许启发了他，他摸起电话要转福利处处长办公室。说起这事还得交代一句，通过总机转，插线

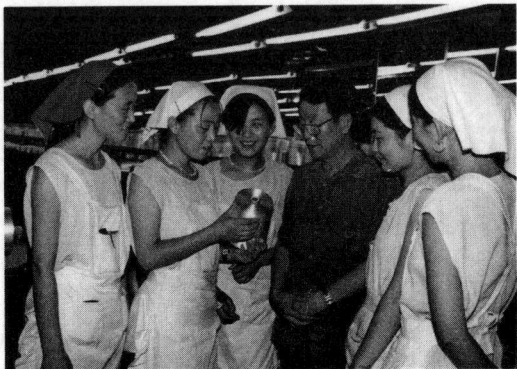

付万才在工人中间

电话，是 20 世纪 30 年代到 80 年代中期的事情，以后都进步为自动拨号了。吉林化纤曾在 90 年代中期试着拨号，没有全部换掉，主要原因是因为付万才，他不习惯，眼睛花得厉害，拨打电话号码看不清，浪费时间。他习惯性的动作是一拿起电话，"喂，我是老付"，总机就会辨明是付万才，立即接线，有时候对方占线，因为付万才的事情重要，也会掐断了通话，接通付万才电话。他问福利处孙处长："年三十饺子包好了？什么馅儿？"听罢，他嗓门大了，说："不行，不行，酸菜肉的馅不行，酸菜吃油，包饺子不香，换芹菜肉馅的，怎么处理你想办法。"我知道付万才一般情况下从来不哆嗦，那个福利处长是说酸菜馅饺子怎么处理，被付万才顶回。

与吉林化纤集团一道相隔，还有一个市属国有企业，年三十也有值班的，两个企业都在 60 年代初投产，因为地缘关系，形成亲属关系，我们厂职工嫁给邻居企业的职工，过去一直屡见不鲜。自从付万才当厂长，这种现象发生逆转，对方企业职工嫁给我们职工的逐年增加，除了值班人员年三十晚上能吃到热气腾腾香喷喷的饺子外，还有一个重要原因是吉林化纤职工的收入，大河有水小河满，职工的归属感日益增长，吉林化纤的厂徽戴在胸前都有一种雄赳赳气昂昂的豪迈感。

东北的冬天有时冷得早，1998 年的雪比往年来得早，过了十月一日就下了场大雪。因为寒冷袭来措手不及，许多人伤风感冒，医院人满为患，吉林化纤集团家属宿舍楼却风景这边独好。因为付万才带领职工早把工厂余热锅炉管线通往家属楼，他一声令下，蒸汽锅炉管会源源不断地把温暖

吉林化纤后加工车间

传递。一天上班，他发现有人因为热开窗户，调度会上，他一顿批评，并告诉调度调整供汽量。

90年代，我走进秘书处秘书岗位，女儿再也不为大年三十能否吃到饺子犯愁，第一次我陪付万才送饺子的情景仍然清晰地记得。大年三十前，办公室把各位厂级领导分工慰问活动的明细下发，在付万才陪同人员中找到了我的名字，付万才的习惯是你要提前到指定地点，如果迟到了，不管什么原因都会遭到批评，陪同他的还有司机。他要求饺子一定要现煮，送给值班职工时一定要冒着热气，不能凉，还要配上酱油和醋，他还要求一定要在十二点钟声响起，早不行晚也不行。我们按照时间，赶到现场，两个穿大衣戴着白色帽子的厨师几乎同一时间到达，保暖筒里是刚刚出锅的饺子。从一楼抬到三楼调度中心，五个当班调度预感付万才来了，幸福感满满地迎上前来，付万才亲自把饺子送到他们手中，一定要看到他们吃在嘴里才放心，他像是一位慈祥的父亲。

我们刚刚从调度中心出来，就奔向第二站——纺练车间，纺练是化纤生产的关键工序，也是付万才工作十几年的地方。他在这个车间从技术员走到车间副主任岗位，又走向车间主任位子，对这个车间机器的每一个螺钉都再熟悉不过，知晓车间每一个老工人的家庭情况。他在实践中积累管理经验，总结出了"早晨上班看脸色，中午休息看饭盒，晚上下班看路线"的工作方法。人的喜怒哀乐写在脸上，如果上班脸色难看，就有可能遇上不顺心的事，会影响生产；中午看饭盒是因为遇上难事会心情抑郁，中医讲"肝气不疏，乘脾犯胃"，导致食欲不振，不思饮食；下班看路线即观察是不是不回家赌博去了。他的思想政治工作研究在企业得到推广。纺练车间也是企业选拔干部最多的地方，付万才在这里停留时间较长，他坐在车间主任的椅子上，与职工从生产话题一直谈到生活。从车间出来，付万才叮嘱司机给我一个领饺子券，我们直接到食堂取，回到家里时，已经凌晨一点多了。

付万才心细但是不多说话，他提出企业要"说实话，办实事，在细字上下功夫"，还提出"工作求实，作风扎实"，这和现在风靡全球的管理大师讲堂上说的"细节决定一切"异曲同工。1997年春节联欢晚会我没看到，因为付万才春节前大腿内侧生了个疮，而手术化脓感染，有点发烧，医生建议休息，我们建议年三十的饺子由其他领导代表他送到值班工人手中，他勉强同意。我们按照以往的时间到达目的地时，发现他已经到了，并且说，大过年的，工人们不容易。他一瘸一拐地往三楼爬，中间歇了两次，我注意到他脸上豆粒大小的汗珠滑落下来，企业党委副书记老胡劝他在二楼等，他停下脚步，当我们把饺子送到三楼，看到工人们幸福地吃下去时，付万才在司机师傅的搀扶下，也到了。见到此情景，一位老工人一手握着付万才的手，另一只手擦拭着泪水模糊的双眼。

重要的事说三遍

20世纪80年代后期，东北突然吹来一阵风，打麻将。其实在新中国成立前麻将一直是赌博工具，中华人民共和国成立以后一直被禁，不知道什么时候死灰复燃，麻将又出现在桌面上，很快风靡在人们的生活中。到了20世纪90年代，随着企业规模最大化战略的实施，吉林化纤集团职工人数不断增加，丰富职工的业余时间，从付万才任厂长开始就没有停止过，他就组建男、女篮球队、文艺团队，建造游泳馆、体育馆、图书馆等，但是打麻将之风吹得很猛，学打麻将成为焦点。

我母亲出身贫农家庭，苦大仇深，从小没有念过一天书，小时候用粮票靠辨别颜色记忆，我告诉她七尺布票是蓝色的，三尺的是粉色，她记得住，但教她学习毛主席语录，她却只零零散散记得几句话。可

吉林化纤厂区一角

是到 60 多岁学麻将成瘾，几圈下来，连"东西南北风"都记得牢牢的，中发白，条、饼、万娴熟的技艺高超得很。感冒时躺在床上呻吟，有人说"摸两把"，她就像打了鸡血似的，马上精神。

那个时候，走在路上可以听到"哗啦啦"的麻将声，职工上岗余兴未尽，仍然热议麻将桌事，交流经验教训。厂原液车间零点班无缘无故缺岗四个工人，经过调查发现他们聚在一起玩麻将，有一个人钱输个精光，为了挽回经济损失，愣是不下桌子，扬言谁要走他就给谁颜色看看。一天，付万才办公室门被敲开，进来一老一少两位女同志，付万才认出来年长的是纺练车间的。她们是来告状的，少的是年长的儿媳妇，两个女人泪眼模糊。付万才见此情景，猜测不到来意，安慰她们慢慢说，从断断续续的哭诉中，付万才理出头绪，原来少的告丈夫不离麻将桌，除了输钱，家里活儿一点不做，脾气越来越大，还动手打妻子，年长的也告的是自己丈夫，也是这德行。

其实付万才对打麻将早就恨之入骨，漫延下去，不仅仅是影响家庭和睦，更重要的是连锁反应，影响产品质量，搞垮企业信誉。他找来劳资处杨处长、公安处徐处长，下令：厂区和生活区除了离退休办公室留麻将外，发现麻将一律没收，由公安处负责集中烧毁，发现在社会上打麻将者一律开除。公安干警人手不够，由劳资处处长抽调临时帮手，要多少人借多少人。宣传部厂内闭路电视反复播放一周，各车间要求传达到每一个职工。职工大都知道付万才说一不二，收敛了很多，麻将没收上百副，扔到供汽车间锅炉，在 1000℃的高温下成灰。公安处干警尽责地抓打麻将者，晚上打麻将必开灯，他们蹲在楼下，看到灯光便摸上去，贴着门听声音，听到"哗啦啦"声，

职工运动会

敲开门，抓现行。打麻将者在慌乱中收钱，藏麻将，公安处干警并不抓人，也不没收赌资，一般来说赌资也不多，只是登记车间和姓名，再由本人签名，便完成任务。

那年过完春节后的第一个调度会上，公安处抓住四伙玩麻将的，公安处长汇报说都是自己家人玩的，有公公、儿子和儿媳妇。大家都盯着付万才，我心想这次一定会放过一马。付万才坚定地说："谁都不行，制度就是高压线，任何人触碰都要付出代价。"抓住有人打麻将，开始是罚款30元一次，后来发现打麻将具有成瘾性，如野火烧不尽，春风吹又生，我行我素大有人在，为了彻底清除打麻将的风气，付万才加大惩罚力度，凡是打麻将者一律开除厂籍。

供汽车间有一个厂级先进小高，是电焊工，由于技术高超，人称焊王，相当于现今宣传的工匠，30多岁，其爱人在检验处当组长，岳父是老八路，在机关小车队任调度。如果是普通人打麻将开除，可能没有人求情，可打麻将开除告示公布第一天，小高便踩着雷了，听说开除，车间主任便坐立难安，他求情是因为真的怕影响生产。影响生产也是真的，培养这么一个技术骨干，确实不容易。说心里话，付万

职工国庆会演一角

才对小高也是了解的，他曾见过小高在企业扩建基建工地时蹲在雪地上焊接的场面，保质保量地完成任务。也曾有人提出提拔小高去机修车间当副主任呢。对小高打麻将之事，付万才又恨又气，但更多的是惋惜，真的是左右为难。劳资处杨处长深知利害关系，如果按照正常程序，当天必须贴出告示，趁早张榜公布，避免说情。可是这次杨处长也犹豫不决了，他决定在手里压两天。车间主任和车间书记找到付万才说，基建项目正值白炽化阶段，人手不够，尤其是焊工活多人少，要求厂里支援。接二连三的求情者纷至沓来，小高岳父来求情，小高爱人抱着孩子在上班路上一大早堵着付万才，机关工会主席见到付万才欲言又止，那意思付万才心知肚明。此时，付万才想的是千里长堤溃于蝼蚁之穴，制度面前人人平等，一万多双眼睛正在看着他，他照规矩打电话给劳资处杨处长。

如影随形的坚强

真可谓"一波未平，一波又起"，厂内生活区的"一片片麻将声"刚刚治理，另外一个矛盾又找上门来，问题和困难排着队赶来。这次的问题棘手且考验付万才的承受能力。

事情发生在 1994 年酷暑，小车队的一个进口轿车被盗。公安处请来吉林市公安局有经验的警察，小汽车现场十分明显，锁着的门是钥匙打开的，小汽车是用事先准备的车钥匙开的门，很明显是监守自盗。那时候工厂有总共不到 10 台小车，小车队归秘书处管理，我是负责人。失窃是晚上，第二天付万才召开会议，全体小车司机参加，公安处通报案情，在会上付万才一言不发，目光在每一个司机脸上扫过，吓得我低下头，后来心想又不是我干的，怕什么，又恢复了平静。散会以后，付万才果断地对我说："是钱××（化名）干的。"听罢，我惊呆了，平时对付万才的话深信不疑，这次真的半信半疑了，因为钱××正是付万才的司机。我知道他对付万才很好，付万才家里的事情大多由他打理，小伙子爱干净，也把车收拾得干干净净，出差从来不多说一句话，开车技术也好，因为工作关系我们有过接触，我努力回忆他的言行，百思不得其解，他怎么会偷车呢？为什么呢？付万才是什么理由说是他干的呢？此时公安机关都没肯定哪个人是小偷。后来，公安机关真把钱××逮捕了，但是不到三天又放回，只是不开车了，在福利处干零活儿，据说在拘留所里没有审查出证据，公安部门认为不是他干的。

　　又过了两个多月，到了立秋时节，那个钱××又被抓了，说是他的同伙在北京作案被抓现行，把他又收进监狱。后来事情真相大白，原来钱××思想发生变化是因为一个女人。他因工作便利接触到公司办公室的招待员，那女孩挺漂亮，白嫩嫩，长着一双大眼睛，细节就不说了，最终他们在一起，还规划了未来，可核心矛盾是缺钱。钱××便把目光投向了小汽车，他勾结社会上的犯罪分子，谋划销赃渠道，伙同犯罪分子，提供小车库路线图和钥匙，得手后，那个犯罪分子挥霍赃款后，想起钱××提到驻京办主任有钱，便流窜到北京，租了个平房，打电话约驻京办主任见面。那个驻京办事处主任以为有业务，找到地址，一进门，被匕首捅在腰间，主任是一个聪明人，不会吃眼前亏，答应犯罪分子所有要求，并且陪同去储蓄所取钱，众目睽睽之下把一叠百元大钞递给那人。犯罪分子拿到钱放松了警惕，他在前，主任在后，门口站着一个穿着制服、手持电棍的保安，保安脸向外，驻京办主任急中生智，猛然从后面双手紧紧抱住保安的腰，呐喊着："抢钱了，抢钱了！"那个犯罪分子闻讯仓皇而逃，保安愣了一下，见到有一个人跑了，便紧紧追去，一边追一边喊："抓住他，抓住他！"一个便衣警察和犯罪分子走个碰面，他身手不凡，身体一偏，脚下一个扫堂腿，犯罪分子大摔一跤，他和赶来的保安把犯罪分子紧紧地摁

如影随形的坚强

住，犯罪分子连刀都来不及抽出，就被抓了。

付万才自己的刀削自己的把，他说："无论是谁，没有例外。"在他任职期间，对下属的要求和职工一视同仁，曾经处理过一个办公室副主任、两个给他开车的司机。尤其是男、女生活作风问题，他抓住一起处理一起，他自己独身十几年，从来没有听到他在这方面有问题，他常常说："群众的眼睛是雪亮的，我们决不能让人在背后戳脊梁骨。"

正道是升迁的通行证

吉林市辖五县四区，永吉、舒兰、蛟河、桦甸和磐石五县，昌邑、船营、丰满和郊区四区，人们往往把五个县简称"外五县"。吉林化纤集团位于郊区的九站街，改革开放前及 20 世纪 90 年代前，区的户口叫城市户口，外县的户口分城镇户口和农村户口。户口不仅是身份地位的体现，而且待遇还有区别。计划经济时，吉林市户口享受每月半斤豆油供应量，永吉县等外五县城镇户口每月三两豆油供应量，外五县的人拼命往吉林市里挤，城市里小伙子找个外五县对象，被简化成他对象是"三两油"。

在吉林化纤成长过程中，有两个年头集中接纳了外五县中一个县几十个复员兵，这些在部队服役过的职工分配到各岗位，他们素质都很好，有些人还在部队入了党，大多是

劳模事迹报告会

接受记者采访

农民出身，虽然离家只有100多公里，毕竟也是背井离乡。他们中间有的是同一所中学毕业，有的是亲戚，也有的是他哥、姐的同学。这种乡情关系让他们走得很近，有人建议，每年到春节聚餐，得到响应，大家像是一家人，畅谈工作，关心成长。时光荏苒，八年后，这些人中有十几个人走上了中层干部的岗位，聚餐的话题也发生变化。另一个变化是：随着时间增加，人数也增加，成为一个不可忽视的组织，无形中形成一个帮派。背后说起××人，有人会不叫他名字，而是说××帮的。1995年春节，他们又聚在一起，当酒过三巡菜过五味后，话题便不再是谈乡情，而是谈关系，纷纷议论的是企业领导，说话离谱，还有信誓旦旦承诺的，拍胸脯的，以及喝着喝着竟然不知道为何事大打出手的。

这事让付万才知道了，他召开紧急会议，和班子成员讨论后，召开调度会点名批评这种帮派行为，对带头者实行免职处罚，严肃指出：组织以老乡为主的大型聚会可以，但是要讲纪律。企业中领导分工不同，下面人的工作也不同，时间久了，无意中形成站队，即谁是谁的人。听说有一年，中层干部调整后，一个公司级领导召集提拔的干部一起庆祝下，其中一人在敬酒时说了一句不合宜的话"咱们都是××的人"。这话传到付万才耳中，那个刚刚任命的干部，没等到一年转正便被撤职了。

在付万才任董事长期间，提拔一个干部，人们不会热议他有什么背景，而是看他德和行。付万才的接班人王进军是湖南一个农民的儿子，在大庆念书，毕业后分配到大庆油田腈纶厂，在那里走上中层副职岗位，吉林化纤集团建年产6万吨腈纶厂，需要引进技术骨干人才。

在吉林化纤集团，他从设备处副处长干起，一步一个脚印，2002年4月任总经理，2002年7月任董事长、党委书记、总经理，2013年接任王进军的，现任吉林化纤集团董事长的宋德武也是农民的儿子，大学毕业后，在企业调度室任调度，后来走上车间副主任、主任位置，调任河北省吉藁化纤公司任总经理、吉林化纤集团董事长助理。

走到现在，他们都没背景，但都是付万才的学生，又都传承着付万才的思想。吉林化纤集团的管理模式没有变，在继承中创新，使企业再次成为舆论焦点，吉林化纤集团成为振兴东北老工业基地的典型。

担当的前提是忠诚

付万才有比较准的市场判断力，他常常说："经济发展规律是马鞍形的，有高峰也有低谷，产品畅销就意味着滞销开始，反过来，产品滞销也意味着畅销的到来。"他对我说："农民种大葱，秋季都卖掉了；第二年种大葱人就多了，大葱过剩，就吃亏了；第三年没有人种了，市场需求是存在的，谁坚持种大葱谁就赢了。"付万才平时很少跑市场，但是他"秀才不出门，能知天下事"。他喜欢听销售部门的情况介绍，销售员一年四季走市场，每次回来他都单独召见，了解一手信息，他让每一个销售员写市场营销状况和发展趋势报告，交到他手里，再进行分析研究。他习惯每天看新闻联播，锁定中央电视台第一频道，其他频道基本上没有打开过，从党中央的声音中寻找市场信息，对国内国外纺织发展情况进行分析，做到未雨绸缪。

1994年夏季的一天，在吉林化纤集团三楼会议室召开公司班子成员会议，讨论的问题很重要，是关于企业上项目的议案，保密程度高。我这个当秘书的没有参加，但是我的办公室和会议室都在一层楼，门

1999 年 5 月在浙江市场调研

开着，他们争论的声音不时地传来，机关工作经验告诉我，不该看的坚决不看，不该听的一定不听，我索性关上门。一会儿，付万才推门进来，我马上站起来，他脸有点红，说道："现在不抢抓机遇，黄花菜都凉了。"说完之后又转身走了。我听了这没头没尾的一句话，不明所以。

不一会儿，党委副书记老胡推门，他半脚门里半脚门外，付万才刚刚走，我还没来得及坐呢，见老胡右手抬起做了个"来"的动作，我会意，尾随他进了他的办公室。老胡告诉我关于上 2600 吨／年长丝项目的讨论，班子成员一边倒，没有一个人同意。原因在于目前长丝市场低迷，供过于求，现有产品大量积压，现在上项目等于飞蛾扑火，这个是主要原因；另一个原因是企业处于找米下锅状，原料市场告急，上没有原料下没有市场，这个项目怎么能上呢，最重要的是缺钱，财务处长跑断了腿也没贷到款。班子会议上，连平时基本上不言不语的纪委书记都为付万才的决定担心，说："老付，你再考虑考虑。"老胡告诉我，付万才坚持己见，甚至说："项目成功了，是班子的功劳，项目失败了，上级领导怪罪下来，我去蹲笆篱子（东北话监狱）。"老胡学完，两只手做一个无可奈何的手势。

付万才的决策是否正确，要实践检验，但是班子少数服从多数是组织原则，这个会议后，我送个材料给付万才，文书告诉我纪委书记老范在他办公室，等了好久不见出来，我只好又回自己办公室了，过了一会儿，我估计范书记该走了，又去送材料，文书告诉我党委副书记老胡又进去了。我恍然大悟，付万才这招是各个击破吧。又过两天，文书交给我几张邀请函，叫我出差到省城请领导参加年产 2600 吨长丝开工仪式。当邀请函递到吉林省纺织厅办公室领导手里时,那个领导看了一眼邀请函说:"都什么时候了,还上项目?真不知道你们老付是怎么想的?"结果开工那天,据说省里领导都有事,派了个苏副总工程师的来参加开工仪式,吉林市主管工业的副市长李万良来了,他为奠基仪式破第一锹土。上项目是在秋天,项目竣工在第二年春天,市场发生逆转,长丝产品供不应求,许多厂商持币待购。竣工典礼光省里就来了一个中巴车。接着,吉林化纤又上了几个项目,大都是在市场不景气时上马,投产开工时市场逆转,记者采访付万才刨根问底地让他讲科学决策的秘诀,付万才把球踢给了我。我告诉记者:勇于担当、忠诚党的事业是决策者成功的不二选择。直到现在,我也不知道我说的是否恰当。

企业广告设计师

东北地区的业余生活之一是打麻将,在吉林化纤生活区打麻将赌博将会开除厂籍,严格禁止的同时,对于职工八小时之外的业余生活往哪方面走,付万才经过深思熟虑,思考日臻成熟,组建了两支队伍。一个是文工团,另一个是男、女篮球队。

文工团团长是从师范学院学音乐的毕业生中招聘的,篮球队教练是学校的体育老师。初始阶段文工团员从职工中招募,后来周边乃至全省有一技之长的专业人才都来加盟,尤其是吉林森工局下属企业的文工团员,森林覆盖率减少,景气指数下跌,跳槽也是正常。有个获得吉林省民间歌手大赛一等奖的演员,唱那首《在希望的田野上》,如果只听音色,足以以假乱真;还有一个是沈阳军区政治部文工团的复员兵,吹小号的,一曲《回家》吹得惟妙惟肖,一曲《马刀进行曲》

内行都如醉如痴，外行更是竖起大拇指，省里有位领导曾经点名听他吹小号；森工局有一个自小吹口哨的小伙子，其貌不扬，却"一招鲜吃遍天"，一曲《跃马扬鞭送粮忙》吹得活灵活现；还有个演员唱的《吻别》和四大天王之一的张学友不差分毫。走进中央春晚的张少博，人称"疯狂小提琴"，如今在世界各地巡演，这么高水平的文艺团队进驻企业，让吉林化纤集团职工热议。

各车间的文化生活水平不断提高，文工团知名度的扩大是在1991年春节，那一年吉林省电视台文艺部记者听说吉林化纤有一支让人啧啧称赞的文艺团体，特意来考察，她看了演出，当场决定春节联欢晚会播放吉林化纤文工团节目，设立专场。当吉林省电视台播出后，又来了一些应聘者，水平也是越来越高，这支队伍还应邀到北京演出，中国化纤工业协会在沈阳开的年会也是由他们演出的。每年用户座谈会的演出，全国各地的客户把口碑带到各地。

这两支队伍的另一个重要职能是参与经济活动，吉林化纤上游主要原料是浆粕，有一年浆粕供应告急，付万才带着文工团去浆粕企业慰问演出，演出取得成功，也撬开了浆粕厂的大门，供应出现新的起色。付万才个子不是很高，但是从小热爱篮球运动，是国家二级裁判员，他组建男、女篮球队，有时间便去指导。组建第二年，也就是1987年，就进入吉林市甲级队，"办就办出样子"是付万才做任何工作的宗旨。为把男、女篮球队搞好，他一有时间便在体育馆，有时候亲自上阵。冬天，晚上九点钟，篮球场上队员仍在练球，双方胶着的白炽化，队员们大汗淋漓，看台上观众陆陆续续撤了，剩下付万才一个人，披着棉大衣，

文艺演出

冻得缩成一团，队员们送给他"最忠实观众"和"最紧张观众"两项荣誉称号。1988 年，企业项目建设急需一种钢管，这个产品只有磐石市一个军工企业生产，听说那企业老总与付万才爱好相同，也

职工文艺演出

喜欢篮球，付万才带着篮球队去搞友谊比赛，双方打个平手，两位老总心照不宣，握手言和。企业急需的钢管很快运到公司，解了燃眉之急。传为佳话的是，那钢管企业老总女儿大学毕业分配到吉林化纤集团，女婿是付万才当红媒介绍的。

一花引来万花开，在付万才任职期间，企业文化生活丰富多彩，游泳馆建成，设立游泳比赛，我参加蛙泳、自由泳和 200 米接力赛，同事告诉我付万才在岸上给我加油，文书小常告诉我："谢秘，老板看到你比赛得了第一，高兴得嘴巴都合不上了。"企业每年都召开职工运动会，各车间召开文艺演出活动。吉林市雾凇节的灯展，吉林化纤每年都第一名，极大地提高了企业知名度，增加了职工对企业的归属感。

建花园式工厂，为什么

吉林化纤有一道靓丽的风景线，车间休息室可抬头看花、低头观鱼，这个叫作建设"小家"。付万才老家在长春市，距离南湖公园不远，有次我陪他去省城开会，路过此地，他指着绿树成荫、亭台楼榭的远处说，他小时候这里是水滩，现在建成公园，公园里有散步的，

体育比赛

有打太极拳的，还有一伙又一伙下棋的。休闲娱乐场景让他陷入深思，在企业管理中，付万才常常想一个问题，为什么人们喜欢去公园？到了公园流连忘返？因为公园的环境好，试想，如果说把企业建成公园式的，职工的积极性会怎样？正巧企业一个领导去日本参观考察，回来后汇报体会：日本有一个企业，车间房顶上涂成天空的颜色，在蓝天色中白云飘飘；办公室椅子如果插进办公桌，证明此人没有上班；车间所有零件定置定位。付万才虽然没有亲眼看见，但是听到后很受启发。他找到工会王主席，把打造"家的班组"交给工会，王主席问："经费怎么办？"付万才说："工厂不给一分钱，让职工八仙过海各显神通。"

王主席是个有思想有创意的人，班组建设"小家"在后加工车间打响第一枪，班长姓李，是农民出身。吉林化纤集团作为鼓励，对在工厂连续三年被评为厂级先进工作者的，给办城市户口，小李就给办了城市户口，在企业找到对象，对企业有一种特殊的感情。小李把班上成员每一月奖金的零头集中，当作经费，并发动家里人，有木匠手艺的动手打沙发，有绘画天赋的刷墙壁，建造班组学习角，还买了鱼缸和金鱼。以前班组中换了工作服，衣服乱挂，现在统一收到标准的衣柜，连饭盒都定置定位。推门迈进休息室，映入眼帘的是畅游的鱼儿，醒目的学习专栏，班里每一个成员的工作业绩一目了然，墙上是工厂的工作方针"作风扎实、工作求实、在'细'字上下功夫"。付万才看了，眉开眼笑。

榜样的力量是无穷的，那时候全厂500多班组，工会总结后加工车间经验，建"小家"风起云涌，像是一场气势浩大的运动。班组不同，建设模式也不相同，但是，相同的是美化、亮化。车间里养鱼成了吉林化纤独具特色的亮点，国务院领导于1999年7月来吉林化纤集团视察，看到车间美化的环境，走到鱼缸前驻足欣赏，满意地点头称赞说："这个厂子有特色。"

内部环境的改善让职工把班组当成了家，下了班也想再坐一会儿。外部环境改造，付万才早成竹在胸，他号召车间外空地像公园一样打造，要求有果树，有亭台，也要有鲜花。这项工作不能职工自己干，要有规划，由环保处统一管理实施，环保处建设自己的花卉苗木基地，让企业环境更好。吉林化纤集团日处理污水3万吨，污水处理厂净化的水里能养鱼，厂区像公园，车间如小家，职工违纪减少，凝聚力增强。到了秋天，厂区各种果树，水果压弯树枝，李子和杏熟透了，掉落在地，职工们怕踩着都小心翼翼绕开走，没有一个人哈腰去捡，葡萄熟了，玉翠欲滴，没有人去摘。

付万才说："习惯成自然，自然成定律"，自

职工图书馆

觉遵守纪律，自觉维护企业声誉成了职工行为准则。吉林化纤产品成为客户的首选，与同类产品相比，虽然每一吨价格高 2000 ～ 3000 元，但仍然供不应求。

故事里的故事

　　1997 年 7 月，阳光明媚。我陪同付万才去机场接机，接的是中国纺织总会的沈克俭，他曾是黑龙江省纺织厅厅长，我在开会时见到过，听过他的讲话。后来也看过他的书《一个国企老总的述说》，讲的是他在北京工作的体会，有睿智的奋斗也有无奈和无助，他从岗位上退下来能写十几万字的纪实文学，当是我的学习榜样。他那时候，是来与企业谈业务的，付万才只是说接人，并没说接谁，当秘书时，我的前任何秘书告诉我句话"敏于事而慎于言"。很久，我把这句话写在笔记本扉页，作为座右铭。飞机正点，我很远看见沈克俭厅长，他一个人走过来，拖个箱子。我本来是在付万才身后，见到沈厅长拉箱子是想过去帮拎箱子的，这么一冲，便抢到付万才前边，说时迟那时快，付万才一把拽住我后腰，把我拽到身后，一句话也没说。事情过去多年我一直在思考，我到底错在哪里？后来一位办公室主任出身的领导讲课，其中说，按照规矩，接人时要把领导推在前面，要找准自己的位置。

　　1996 年，刚过春节，我陪付万才进京开第八届全国人大代表会，这次还有一个任务是跑项目。吉林市姓占的市长也是第八届全国人大代表，说是要帮助我们跑项目，这当然是求之不得的好事。敲开门，那个刘处长见到付万才的胸牌——全国人大代表，马上站起来，从旁边搬个凳子让坐，市长在身边，付万才不敢坐，忙向刘处长介绍："这位是我们市长。"说起职务误会，我也经历过，1992年接待一个人民日报记者，姓张。他第一次来企业，见到付万才我介绍说："这是我们付厂长。"握手采访，这个张记者脸色一直在阴云笼罩，直

1999年参加"学习付万才同志座谈会"合影

到结束，会议室只有我们两个人，他憋不住了，问我："你们正厂长在吗？"我说："郑厂长在的，你要见吗？"他说约见一下，我领他走到一个办公室门上标有"副厂长"的门口，他见此退回来问："正厂长怎么在副厂长办公室办公？"我告诉他一把手厂长姓付，也有个姓郑的副厂长，他恍然大悟。

想起1999年北京之行，我就后怕。付万才开全国人大会议期间，我在企业北京办事处住，每天晚上到他驻地见个面，人大代表驻地警戒级别很高，在门口打电话，代表出门接进去。会议结束的那天晚上，付万才请假，要请人吃个晚饭，订的是个旋转餐厅，边吃边看景色。张罗这个事我轻车熟路，客人纷纷入场，落座后，我顺手把手提包放在桌边的窗台上，我坐对面这样手提包不会脱离我视线。饭后，付万才给我使个眼色，我领会，站起身来去结账，眼光扫向窗台，眼前发生的事情却让我始料未及，窗台空空的，手提包不见踪影。我下意识地摸摸脑袋，让记忆回到一个小时前，对呀，千真万确，手提包在我张罗点菜时放在窗台边的呀，不会错，绝对不会记错，丢失了？那包里装着我和付万才身份证，飞机坐不成了，改火车吧，身份证可以补办，可全国人大代表证，怎么补呢？还有包里大约3000元现金，越想头越大。瞬间，冷汗冒出来了，我马上意识到去找，转身看到一个服务员，我把服务员拽到一边，简单说黑色手提包丢了，服务员瞅瞅周边，餐厅只有两桌人，他告诉我再找找。这时，我眼睛余光看见了，

服务员身后的窗台，那个手提包正在静静地随旋转餐厅缓缓地移动呢。

第二次坐飞机又出现失误了。我跟付万才到北京开会，第二次坐飞机是 1992 年，首都机场只有一个航站楼，第一次坐飞机是在 6 号登机口，按照以往经验，我陪付万才到了 6 号登机口，坐等飞机。按照时间应该登机了，付万才看看表说："不对吧。"我相信自己的判断，肯定地说："上次咱们就是 6 号口上飞机的，没错。"直到已经过了登机时间，我才发现不对劲儿，跑去问值班人员，这个时候，偌大的候机楼响起广播，广播直呼我和付万才大名——"去长春的付万才、谢立仁两位旅客，飞机马上就要飞了，听到广播后请速到 4 号登机口登机，这是最后一次广播。"还好，那个时候坐飞机人不多，北京到长春全价机票 240 元／张，登机口的大巴车已经走了，调度中心派了一个小面包车。登上飞机，我们刚刚落座，飞机引擎便传来一阵一阵的"突突"声，回厂后，付万才对办公室主任说："这谢秘，心太粗。"

逆向思维的方式

1999 年 8 月，是付万才掌管吉林化纤集团 15 年以来，第一次到用户中间走访。付万才的时间表一直三点成一线，家里是一个点。每天早晨大部分职工还在鼾睡时，他已经起床。他习惯早晨洗个澡，他告诉我早晨洗澡一天精神，洗澡后开始做饭，一个人的饭好做，一般来说早餐就是面包、鸡蛋加牛奶，得了糖尿病后她女儿在长春专为他买了无糖食品。吃完早餐才六点多钟，便向工厂走去，他一个车间一个车间地走，边走边观察，遇到问题解决问题，这是第二点。第三点是办公室，他在里间办公，外间是文书室，文书室有个长沙发，如果找他人多，坐沙发排队。他把出国指标让给其他人，外面开会除要求一把手参加外都派别人去，北京的会议一般情况下我参加的多些。

在产品和用户关系上，他常常说："质量第一是永恒主题，无论产品畅销还是滞销，都是一样，质量保证是和用户搞好关系的前提。"虽然吉林化纤产品是国家银质奖（行业内最高奖项），但是他在用户座谈会上偏偏要让用户提意见，且提意见者有奖。我们是在杭州参加用户座谈会，从杭州出发坐小轿车，到萧山一家企业，那个老板是个典型的买卖人，热

付万才在后加工车间了解生产情况

情得让人感觉坐不住，一进企业一幅醒目标语"热烈欢迎付万才董事长一行光临指导"。主要道路两边站着工人排队欢迎，看得出来他下了一番功夫。工厂并不是很大，他介绍说："吉林化纤的产品质量是好，但是每一吨比相同的产品高 3000 元，能不能降点？"我注意到付万才没有表态。路经库房付万才站在一个包装前看，原来是相同产品厂家的原料，那个老板告诉付万才是作为原料"粗粮"用的，他们把吉林化纤产品当"细粮"。这时付万才微微点点头，嘴角咧了咧。

付万才在客户的引导下，又驶向溪口，这里是蒋介石的老家。主人特意安排去妙高台参观，妙高台在雪窦山风景区，因蒋介石曾在这儿读书而闻名，旁边就是千丈岩瀑布，站在上面心惊胆战，可付万才对景不感兴趣，也没有评论。

陪他去北京参加建国 50 周年大庆，他把每一个代表一张的游园票给我，他在宾馆打电话，电话内容全部都是有关生产情况的。到驻地，我的任务之一是开通长途电话，他习惯每天晚九点问当天生产情况，他了解生产一般不问主管厂长，而是问调度中心当班的调度。开调度会，各车间主任都很紧张，因为他们掌握的情况往往不比付万才

多，比如他问修建车间主任："工厂西大门有一堆砖头，清理干净没有？"那主任一想是昨天布置的任务，信口开河说："清理了。"他话一脱口就遭到付万才一顿批，付万才说他乱讲，那堆砖头今天早上还原地没动呢，批得主任无话可说。

正是这种工作作风，形成了从上到下的严细管理风气，把吉林化纤职工队伍建设成一支铁军。建设 4600 吨年产黏胶长丝项目，计划 1995 年 10 月 26 日开车，25 日恰好是周日，24 日吉林市副市长李万良来看现场，对付万才说："现场的工业垃圾、土方工程量很大，恐怕会影响开工现场。"付万才向李副市长保证没问题。他发通知，全体机关干部义务劳动，付万才在现场一站就是一整天，开工现场杂物全部清理完毕。到 26 日开工典礼，李副市长对付万才赞叹不绝。

世界上的饭不是一个人吃的

付万才专心致志只做企业，没有其他，其实那个时候诱惑较多。1992 年社会上炒股赚钱的呼声强烈，而纺织市场出现低谷，付万才叫我替他去开一个纺织企业家协会的会长扩大会。会上有一个女会长介绍闯关经验，得到与会代表的青睐，那个女会长面对纺织市场压力不以为然。她的做法是把钱分放在不同篮子里，规避风险。回厂后我向付万才传达会议精神的时候，特别把这个女会长经验部分加重了语气。付万才听完并没有表现出来有兴趣，他说："搞房地产咱们不是内行，不能拿搞生产的钱去搞房地产，风险投资很危险，你没听说过吗？炒股平均是 10 人炒 7 个人输，2 个人平 1 个人赢，概率太低。"单位不炒股，他也不许职工在工作时间炒股。

吉林化纤厂股票上市前，我出差去哈尔滨开会，正值七月，哈尔滨最好的时节，太阳岛上游人如织，热闹非凡。晚上哈尔滨亚麻厂厂长刘书论请客吃饭，厂长听到介绍说我是吉林化纤厂的秘书，

1999 年 5 月在客户企业了解生产质量

敬酒后说："回去给付总捎上个话，听说你们股票上市，有内部股我们买点。"回来后我向付万才汇报，他答应了。那时候，对于股票走势认识不足，传言也五花八门的，有消息说上市无望，买的内部股跌跌涨涨的。有一位公司级领导内部股全部转让，连他家属分得的900 股 / 人，也是一元 / 股卖了本钱，一时间，职工纷纷效仿，吉林化纤厂的内部股在市场上跌落到发行价以下。哈尔滨亚麻厂听说付万才同意给卖股票，厂长亲自开车来吉林市，花了 9 万元，一下子买了10 万股。自此，哈尔滨亚麻厂不断地有人找我，股票有一段时间涨到1.5：1，他们照买不误。吉林市一个记者找我批股票，我找付万才，批了 1 万股，他只要 3000 股，办公室车队小韩听说后要余下的额度，我想了想，还是又退给付万才了。

等到上市时，股票涨到 5 元，吉林化纤职工中几乎所有持股者全抛售了。其中有一个职工，股票不知道放哪里了，见到别人抛售急得团团转，等到找到了，股票涨停到 36 元一股，他成为大赢家。以后的时间，股票涨涨跌跌的，在吉林化纤很少有人光顾，到股市暴跌时，吉林化纤职工队伍也很稳定，付万才自己的股票在他去世后才兑付。付万才和接他班的王进军和宋德武都恪守职业，一心一意搞企业，公司仍然没有房地产业和其他与公司主业无关的产业。

《企业领导者榜样》写作经过

1994 年，付万才被中共吉林省委表彰为优秀共产党员，并且由省委组织部电教处拍摄电视专题片《共产党员付万才》，我参与全过程。

省委组织部请了个写剧本的作家老蔡，老蔡留个艺术家常见的长头发，个子不高。他喜欢杯中物，陪同他喝酒时，我一扬脖，杯见见底，又龇牙咧嘴，啧啧两声，他端起酒杯又给我满上，边倒酒边说："罚酒，罚酒。喝酒是高兴事，怎么会有痛苦状？"老蔡是中国作家协会会员，文笔流畅自然，但是有时也会有写不下去的时候，我便给他讲故事，说一个秀才写东西，写不下去了，烦恼地踱来踱去，他妻子见状说："你写东西还能比我们女人生孩子难？"那个秀才做痛苦状，回："你们女人生孩子是肚子里有孩子，我是肚子里没有东西。"老蔡听罢，有点受启发，便又让我讲付万才的故事，他对另一个编导说："我不信，我还不如小谢？"老蔡客气了，我怎能和他比呢。

再说中共吉林省委表彰付万才后，中国纺织总会也下发文件，号召全行业向付万才同志学习。那个时候，中国纺织报还没划归经济报业集团，报社社长栾忠信是吉林人，出生于吉林省舒兰市，20 世纪 60 年代毕业于吉林大学新闻系，分配到新华

1992 年与中国纺织报社社长栾忠信在
纺织报海南记者会合影

社，曾经在国内部任记者。栾忠信得知付万才事迹后，亲自回到吉林市，我接待了他，他采访了付万才后对我说："你是中国纺织报驻吉林记者站记者，又了解付万才，你执笔。"我心里没底，问："我能行吗？"他说："行。"

人民大会堂劳模事迹报告会上

于是，我开始构思，那是芳菲妩媚的夏季，白天最高温度 34℃，没有一丝风，太阳直射在树枝上，树叶被烧烤，一片片地落在地上，耳边不时传来阵阵蝉鸣声，办公室没有空调，汗水不断地从额头流淌，握笔的手渗着汗水，陪同的打字员也是汗流满面。那是个周末，我一个字一个字地写，打字员一个字一个字地打，从早到晚，午饭都是一碗方便面凑合的，到华灯初上时，一万三千字的稿子完成，交到栾社长手上修改。第二天，他和我探讨题目，想要在文稿中寻找，找了几个又被否决，他从新华社采写焦裕禄的《县委书记的好榜样》一书中受到启发，题目定为《企业领导者的好榜样》，他对小标题又修正一遍。这篇文章以付万才的决策超前、管理从严、为政清廉为主要内容。栾忠信回北京后不到一周，1994 年 8 月 15 日，中国纺织报在头版整版、四版半个版面的位置，发表计一万二千多字的报道，第二天中央人民广播电台《报纸和新闻摘要》栏目播出，工人日报、经济日报等报纸转发。事情过去 20 年后，我到山东省德州市恒丰纺织公司办事，中午吃饭，马保东书记参加，他听说我叫谢立仁，拍着脑袋想，这个名字好耳熟。后来知道我在吉林化纤厂当过秘书，茅塞顿开，想起来我的一个整版文章。宣传付万才事迹的中国纺织报，他至今仍然保留着呢。

人挪不一定能活

"人挪活，树挪死"。一定成立吗？回答是否定的。付万才对人的使用很严，一般来说不放行。1988年，付万才派我去吉林日报学习，时间是半年，临行时见到他，他对我说："好好学，回来咱们办个印刷厂，办个自己的报纸。"我拎着包到吉林日报报到，到了报社才知道，这个地方汇集了全省文化精英，各个身怀绝技。有个姓胡的记者，在晚饭时写稿，一只烧鸡，五瓶啤酒，喝口啤酒写一段稿子，再喝一口又写一段，烧鸡腿剩一条时，任务基本完成，另一支烧鸡腿啃完，修改稿完成，第二天，章回小说式的文章发表。还有一个写散文的，那个文笔，让我叹为观止。我的老师是付万才高中同班同学，姓孙，人特别正直，专业揭露黑暗，人称"现代济公"。他刚正不阿，家里的门曾被人撬开过，东西一样也没丢，却在床上发现一个纸条，纸条上面有"少管闲事"四个字。越是这样，他越不怕，常常和工人日报、法制日报驻吉林省记者联手，共同揭露腐败。

我在学习了快三个月时，因为近水楼台先得月，发了几篇文章，

· 吉林化纤后加工车间一角

又因为在一版学习，许多文章发表在一版上。那个时候在省内报刊发表文章可不是小事。我去吉林日报学习前，吉林化纤在吉林日报只发过一篇百字"豆腐块"文，那是关于填补省内空白的黏胶长纤

维投产的文章。我的"宁肯一人脏换来万人洁"通信是描写福利处专门捅下水道老张的事迹，这个北京籍的老工人，捅了 30 年下水道，解决几万起因下水管道堵塞的生活问题。这个通讯在一版下面占半个版，老张用他那长满老茧的大手紧紧握住我的手说："你们家下水道事交给我了。"

有时候和编辑值班，突然有稿子撤下，必须补充，我见此，留心准备几个长、短不一的稿子，马上补上。我采写的《篮球的凝聚力》是一篇体育题材的通信稿子，说的是付万才组建男、女篮球队之事，其中有些描写得到编辑称赞，比如说组织男、女球队，对吉林化纤厂来说是大姑娘坐轿子——头一回，作为国家二级篮球裁判员的付万才当然不是"老外"；如正月十五那天，球队姑娘正在念叨如果在家早就吃鸡蛋了，突然，门被打开，付万才女儿笑盈盈地端着满满的一盆鸡蛋出现；再如球队的攻关大使作用，这篇文章被评为吉林日报好新闻一等奖。

人得到了锻炼提高，也认识了几个记者。有一天，记者小吴领我去见一个人，一个大企业宣传部长，那宣传部长是位女同志，很热情，和蔼可亲得像大姐姐。她说看过我写的几篇文章，还以为吉林日报来的新记者。她直截了当地提到我快退休的事，希望我能调到她单位。这个幸福来得有点突然，到省城工作也是我梦寐所求的，条件优惠也是我期望的，但是我思想上没准备好，主要是对自己能力没有信心。再者，人生地不熟，我没马上拍板，她也很理解，容我考虑考虑。晚上想想这事，不知不觉付万才的形象冒出来了，思来想去我还是有些怕他，试想，单位给出费用，却一走了之，良心上过不去呢。我胆子不大，想想对不起付万才，第二天断然回绝了。

可是好事接踵而至，回到企业不久，吉林市总工会组织企业宣传工作会议，工会李主席正在为缺人犯愁，他们办一个杂志缺记者，不知道谁推荐我，找到我商量怎么样跟付万才要人。他理由充分，付万才是工会树立的全国劳模，理应支持工作，我知道这么硬来万一调不

吉林化纤办公楼

成，对我不利，就说我先问下。我先和组织部部长老申商量，老申支支吾吾半天说不清楚，最后一句听懂了，他叫我自己请示，我有些打怵，但又想大不了一顿批评，我已经准备好，便直闯付万才办公室。付万才见到我并没有理我，瞅瞅我又埋头工作，我立在那里半天，狠了狠心才说："有件事不知当讲不当讲？"他说："讲。"我一口气全盘托出，语速快得如机关枪，心都快要跳出来。他又瞅着我，吐出两个字"不行"。听罢，我落荒而逃。

难以启齿的事情

吉林市十八中学坐落在九站，虽是一所全日制普通高中，却是郊区重点中学，因每一年高考都有被清华大学、北京大学录取的学生而有些名气。这个学校因为距吉林化纤生活区不足三公里，化纤厂职工把孩子能进十八中上学当成一种荣耀，更多的是期望，希望子女走出吉林市，走向北京，走向世界。付万才的两个女儿都是从这个学校走入大学的。这个学校校长很厉害。

时间真快，女儿如小树苗一样，一晃眼的工夫，小学毕业升学初中，要交学费，学费很贵。妻子因焦虑失眠，睡到半夜把我推醒，我一边说梦话一边揉揉惺忪的睡眼，这不是折磨人吗？更过分的是一端起饭碗，她的话题就是女儿上学，这个事没有结果决不罢休。再就是消息灵通，有天晚上下班回家，端饭碗，米饭塞进嘴巴，还没来得及下咽，她又来了，问："你知道付万才给谁写条子了吗？"我真的不知道，摇一摇头，她讽刺我："白在办公楼里待了，大家都知道的事，付万才给小车司机孩子写条子了。"我其实早就有所耳闻，但是这个时候必须装傻。反问她："听谁说的？"她告诉我十八中校长小舅子在福利处，是他小舅子妻子说的，还说如果谢秘找付万才，付万才也能写条子，也能让女儿上学免费。

我了解付万才，那个司机两口子都是工人，供孩子上学的确是困难，帮助说句话，也是在情理之中，我对妻子说："十八中学又不是化纤厂办的，我们和司机没有可比性，咱们都是干部，挣钱比人家多呢。"听罢，她急眼了，口无遮拦就絮叨起来，先是说我无能，长的大鼻子小眼睛挣钱少，后来又说付万才不肯帮忙。我见事态发展得越来越离谱，索性躲了起来。

我们家住在松花江畔，几十米远的地方是湍急的水流。松花江发源于长白山天池，天池孕育三条江河，图们江、鸭绿江和松花江，松花江从天池下来，被下游的丰满发电厂拦腰截住。到了数九隆冬时节，丰满发电厂水轮发电机组发电，泄出零度左右的强大水流，上升蒸汽体遇到冷空气与岸边柳树相触，结成晶体，满目银装素裹，这个是闻名遐迩的雾凇奇观，也是吉林市的独特美景。我来到江边，江边日晚，烟波满目凭阑久，美景也变得索然无味，思想斗争也越来越激烈。去求付万才，一定有两个结果，哪个结果可能性大？的确是未知数。假如被顶回来，双方尴尬局面怎么破解？付万才常常对我说："老百姓最恨的是以权谋私。"我这么做是不是以权谋私？但是另一种想法也很强烈，如高压电流直击我心，反正就一个纸条，一个纸条值两万多元，即使付万才不给写也没事。思来想去还是没主意，干脆，用简单方法解决复杂问题，我从兜里掏出一个硬币，画在上就去求付万才，字母在上就不去求，默默念着"画上求字上不求"，闭上眼睛，抛出去，定睛一看，字母

生产车间一角

难以启齿的事情

在上。于是决定"听天由命不去求"。结果过了几天，听说我们一个处长因为孩子上学求付万才写条子碰壁，我偷偷乐了，幸亏是字母在上边，没有去付万才面前丢脸。有次在付万才办公室，他冒出一句话："十八中有点不像话，又来要煤了。"后来我听说，十八中学每年冬天取暖煤紧张时，吉林化纤厂都会伸出援助之手。思来想去，果真世界上就没有免费的午餐。

到底什么让他改变

企业上市融资到底能带来什么？这个新生事物利弊得失水有多深？企业家的理解力是决策关键。付万才刚开始时并没有认同，当上市成为焦点和热门话题时，付万才沉默，吉林市有关部门召开会议，请专家给企业家上课，省里也办学习班，付万才批示要我参加，当我收获点滴新鲜知识向他汇报时，他回应："咱们不上市。"可是不久，他的态度转变360度，是什么原因至今不详，这种转变让我都觉得不可思议。

6万吨腈纶项目验收成功

我们上市的基础是额度，是进入盘子里还是在盘子外，就如爬山，额度的渠道有两条路，一条是省里，指标由省里定，另一条是行业，中国纺织总会。不能舍近求远，先到省城，也许是省领导认为吉林化纤排队在后，也许是认为时间还来得及，省里回复，吉林化纤上市看行业给多少配额，省里就给多少，即 1 ∶ 1。行业的配额不容易得到，那时，行业直属机构众多，如千军万马挤独木桥一样，企业家的上市观念一夜转变，都知道上市的钱不得白不得。

　　企业上市不是小事情，为此，我陪付万才准备去北京。时间已经确定，我正张罗订票，在走廊碰到葛洪君副总，他匆匆忙忙中示意我去他办公室一趟。他说："要不要带点土特产？"我毫无防备。对他说："这，这个行吗？"他说："应该行吧，就像见面递支烟什么的。"好像土特产"三讲"都不列为收受贿赂之列。办这事，我这还是大姑娘坐轿子——头一回，见到葛副总为企业发展尽职尽责的样子，我没理由否定。觉得这也是好事，就点头了，办公室很快就把那只有北方才有的"礼物"准备好。我陪付万才到北京办事，还算顺利，行业领导听了他的想法，答应在行业指标中切块蛋糕给我们，她原话是："不支持先进，支持谁？"回到宾馆，看得出来，付万才很高兴，他高兴时并没有喜形于色，只是默默地思考。在他房间，我把准备礼物的事情向付万才汇报，他脸色晴转多云，冷着脸说："不能这么办，在我面前不能办，以后在任何时候也不要办。"

　　坚冰已破，我们满怀希望回到省里，认为万无一失时，却碰到意想不到的事情，省里收回事先的承诺，原因是僧多粥少，要考虑全局，我们当然据理力争，后来把省里一位主要领导逼急了，他对付万才说："老付，你来当这个 ×× 长试试？"我们职工们认为不公平，付万才半天不说一句话。后来他对我说："换位思考，领导也是没办法。"付万才总是困难自己扛，他领导企业有句响亮口号"一不等，二不靠，三不向上伸手要"，自己创造条件上项目。我们许多项目没有资金，采取职工集资、客户提前交预付定金的办法解决，他说机会稍纵即逝，过了这个村就会没这个店。

雪球怎样滚得更大

吉林化纤厂的发展，用付万才的话形容是滚雪球。东北的冬天，下场大雪，那晶莹剔透雪白的世界，我们儿时最爱的活动便是滚雪球，先是用手抓个小雪球，后放在脚下开始滚，越滚越大，大到直径超过自己身高，我们比赛谁的雪球最大。吉林化纤厂发展也是这样，一年一个项目，都是自筹资金，到1992年，资产负债率才53%左右，正常情况下70%~75%都在可以控制范围。

1992年，吉林化学工业公司上30万吨乙烯工程，这个产品下游衍生品是纺织原料腈纶，这个消息不胫而走，付万才握紧拳头，争取国家项目是他梦寐以求的愿望。班子会上，他把项目争取任务交给赵羽田副总，选派有力人员，赴京争取。项目争取也许有企业家知名的品牌形象因素推动，也许是中国纺织工业部积极支持，很快在松花江畔，建设两个3万吨腈纶项目批复。

吉林化纤厂跑项目人员常驻北京朝阳门附近的常州宾馆，那个宾馆离地铁站很近，距离北京火车站也不远，付万才每天晚上九点仍是雷打不动地听项目汇报。有一天，在京跑项目的孙万青副处长有急事请示付万才，办公室电话没人不接，调度中心说，刚走去工地了，工地指挥部办公室电话说，他去现场了，等找到付万才，因为没及时回复，导致受工作影响，为解决这一问题，班子讨论，给付万才买个"大哥大"。这样，付万才拎着手提包跑工地的照片，被记者拍到后热传。

年产3万吨腈纶，无疑使吉林化纤的崛起如虎添翼。但是，在一个城市、隔一条江建设同一项目，是不是中国特色。付万才运筹帷幄之中，决胜千里之外，他分两步走，第一步年产3万吨腈纶项目，他又把眼光投向另一个年产3万吨腈纶项目。这个项目到手关键是专家意见，专家对隔江相望建设一个同样项目早就议论纷纷，可行性研究报告指出，这样做有三个不利，一是不利形成规模效应，二是不利行业领导，三是不利管理优先原则。那么就要归一，这时吉林化纤厂3万吨腈纶已经批准建设，归属问题不争自明。吉林化纤年产6万吨腈纶项目顺利到手，在发展路上迈上一个新台阶。

设备选型和谈判又是一个漫长的过程，一方面要缩短谈判时间，另一方面又要先进和节约资金，无疑考验人的耐性和智慧。付万才"选贤任能"，用人观派上用场，王进军进入他的视线。经过协商，付万才在腈纶谈判进入白炽化阶段时，选用王进军为吉林化纤集团奇峰腈纶厂设备处副处长。

1994年冬，付万才在北京国贸饭店与意大利签署设备引进协议。

刚刚开始的6万吨腈纶项目，市场传来的消息并不是莺歌燕舞，而是萎靡不振，有人建议项目暂缓，不能建成之时是亏损之日，不能

中华人民共和国成立50周年游园

让腈纶拉集团后腿。听到这些议论，付万才也陷入深深的思考之中，他从世界范围内纺织原料变革中得到结论：纺织原料一直以传统的棉花为主，化纤原料已经发展到三分天下有其一的格局，在化纤原料中以石油裂解而获得原料日渐增长，腈纶作为纺织原料，具有色泽鲜艳、重量轻的特点，是纺织原料的未来，这个大趋势不会变。多年以后他总结出经济发展波浪理论，也就是马鞍形规律，付万才坚信自己的观点，在担心面前，他仍然选择坚定信念和怀抱信心。1996 年年产 6 万吨腈纶一次试车成功、一次出正品，在吉林化纤项目中取得优异成绩，而市场又从产品滞销转为畅销。人们称赞付万才是福将，付万才笑了，压在心里的石头消散了，从心底里松了一口气。

揭秘车库故事

2000 年 7 月，东北的夏天，芳菲正浓，时任吉林化纤集团副总经理张洪信打电话来，我放下憋得流汗而无思路的稿子，敲开在办公楼四楼西侧的张副总办公室。张总 60 岁左右，大学毕业一直在吉林化纤工作，与付万才同时走上厂长班子成员岗位，个子不高，略胖，大眼睛，一副可以信赖的样子，美中不足就是少担当。

他主管后勤部门，一次职工反应会战时食堂饭菜凉了，严寒天气工人们在零下二十多度的气温下奋战，吃凉的食物，付万才心疼，在每日早七点召开的各单位一把手参加的调度会上，付万才点名批评他，毫不客气地说了句狠话："明天我还去工地，有一人说饭凉，叫你到食堂端大马勺去。"众目睽睽之下，张副总脸色煞白，颜面尽失。后来听说为缓解压力，那天晚上，他跑到距离工厂十几公里的吉林市，找个卡拉 OK 厅唱歌，半夜才悻悻地回来。第二天仍然看不见他有抵触情绪，属于不敢怒不敢言者，他忠诚度很高。

在付万才掌管吉林化纤期间，许多对外联系的事情基本上都是他办，1999 年冬天，过了阴历二十三，还有七天过春节，早晨上班，我把"奋战二月份、夺取一季度开门红"的稿子交给文书小常，我知道付万才习惯在春节前一定要开大会，如鞭加背，他说过，越到节日前后职工思想越容易散漫，越要警钟长鸣。快要到 17 点下班时分，接到小常电话，付总叫我。小常办公室在付万才办公室外间，为了谨慎起见，我扒他门口竖着耳朵听，屋里静静的，小常见状乐了，小声说，屋里没人，进去吧。我推开门，正在埋头工作的他抬头看一眼，便自顾自地不理我了。我有点忐忑不安，怀揣个兔子似的，心里没底，是不是稿子写的不行，一般来说，他对稿子不满意，会指着稿子说："你看看，驴唇不对马嘴的，整天寻思什么了？"我则像电影里伪保长见到皇军状。这次例外，他淡淡地说句："明天陪张总一起出差。"便再无语。我马上面见张副总，问询购买机票时间，他详细交代此行的任务，其他则由我安排，干这个我轻车熟路，陪他回来都是他汇报，没我什么事。付万才用人不疑、疑人不用，办事后有张副总汇报从来不问我半句。当我敲开张洪信办公室的门，他见到我有点激动，一把拽住我的胳膊，把我推到沙发上，便转身关门，贴着门玻璃左右张望几眼，

1999 年付万才与时任国家纺织工业局副局长许坤元（左一）、
副局长王天凯（右一）合影

那时，吉林化纤集团办公室的门上方开个天窗，透明玻璃窗，开始有个别处室用粉纸遮上，被付万才批了三道，他厉声问道："有什么诡计阴谋见不得人？"后来谁都不敢越雷池半步。见没人，张洪信打开铁柜，从柜里摸出四个厚厚的信封，又找出事先准备好的塑料兜子装好，习惯性地拍拍（唯恐钱跑了），交到我手里，说："拿着，二胖（他儿子）在楼下等你呢，到市里和他一起把车库钱交给严总。"二胖开着破旧的桑塔纳轿车，一边走一边说："谢哥，你说我爸，我是不是他亲儿子？"。我笑了笑，说："怕你自己去被打劫呗。"我帮张副总交了车库钱，心里琢磨，这房子还没影，是不是先买鞍后买马呢，有点意思哈。

2004 年夏天，我已离开吉林市两年，回家探亲，拜见吉林市纪检委副书记王治国，谈起付万才，他平静地说："他除了企业分配的 100 多平方米房子，在市里没有房产，市里给了老付一套房子，他却转给张洪信了。"想起当时张洪信买车库的事情，我这才恍然大悟。

我的胃口我做主

1998 年夏季的一天，接到通知，吉林省副省长李介车到吉林化纤集团，付万才要我准备汇报材料，我知道，李副省长和付万才很熟，他是从吉林市吉林碳素厂走到省领导岗位的，对企业管理娴熟。他主管工业，曾对吉林化纤的项目给予大力支持。

付万才在办公室热情接待，陪同李副省长的还有吉林省经贸委副主任姜国钧，按照惯例，付万才先向李副省长介绍企业情况，我在一旁边听边记录。我注意到付万才并没有用我写的汇报，他对企业的情况了如指掌。李副省长对企业目前的经营并没有多大兴趣，只是不时地点点头，偶尔发出轻微的"嗯嗯"声。对于正在建设的年产 6 万吨睛纶生产线项目，问得很细，最后进入此行的主题。他先是高谈阔论，企业要做大做强，一定要走兼并重组之路，而后马上话锋一转，说到了开山屯化纤浆厂的事情。我一下就明白了，这个厂在延边朝鲜族自治州的开山屯镇，是伪满时期建造的企业，生产原料是长白山红松，产品用于造纸工业和粘胶纤维生产，是一个中型企业。过去一直是吉林化纤的上游产业链，产品供不应求时他们产品涨价，供过于求时他们倾销，为了搞好关系，派退休干部老赵入驻开山屯，主要任务是协调关系。老赵在开山屯协调工作做了，自己个人工作也做了（老赵爱人去世了），从开山屯领回来个朝鲜族小媳妇，这个媳妇很勤劳，把老赵头打扮得干干净净，成为街头巷尾的美谈。后来，诸多原因，这个厂每况愈下，资不抵债。李副省长专为解决开山屯浆厂的事情而来，他知道吉林化纤在河北省藁城区的基地又兼并了当地一家热电联产项目，河北省藁城区是吉林化纤为解决"无米之炊"而建设的产业链上游企业，自 1985 年投产以来，解决了企业一些问题。

现在回忆起来，他们两人的谈话有一点意思。李说："老付，开山屯浆厂给你，企业叫集团公司"。付直截了当说："不要"。李说："正好是你们企业的产业链，省里给你政策，要什么条件尽管说，我能做主的马上拍板，做不了主的，回省里研究"。付说："开山屯浆厂的情

1999 年 9 月 29 日付万才与时任国家纺织工业局局长杜钰洲合影

况我知道，像一个已经病入膏肓、无可救药的病人"。李说："企业要做大，一定要多元化发展，重组才有竞争力。"付说："那怎么不把全国企业都合并，岂不是更大？"见他如此说，李副省长无语。送走了客人，我有点莫名其妙，怕是得罪了上级，问付万才："这么说是不是不合适？"付万才坚定地说："企业发展如蹬台阶，一步踩空，三步、四步撵不上。目前企业发展项目这么多，还是先求生存吧，自己的胃口多大自己知道，别吃不了兜着走。"19个年头过去了，当年的吉林省经贸委副主任姜国钧已离开岗位，到吉林省企业管理协会任职，如今近古稀之年的他，回想与付万才关于兼并开山屯浆厂的对话，记忆犹新，他深情地说："付万才不唯上、不唯书、只唯实的作风让我叹服，企业就需要像付万才这样的领导者。"

永远的相约

十八年前，与鲁冠球有约，他在万向集团等我。这个约定 2017 年 10 月 25 日破碎，自此以后，他的名字出现在黑方框里。消息来源于中国企业家协会副会长尹援平，30 日清晨，我因事打电话给尹援平，她告诉我，在杭州参加鲁冠球的葬礼。我将手机紧紧贴在耳朵上，唯恐听错，一句话也说不出口，直到对方"喂喂喂"地大叫，才放下手机。搜索关键词"鲁冠球"，才确定是真的，随之而来，回忆的闸门开启，中国杰出企业家鲁冠球，知道他的名字在 20 世纪 90 年代，作为民营企业家的优秀代表，他从铁匠铺开始，成为研制"万向节"的翘楚。那时，对"万向节"这个陌生的名词，我一直晕菜，开始认为是吃的，理由是在温饱线下的人，如果不是填肚皮的发明，为什么报纸连篇累牍呢，为啥广播电台有声、电视有影？后来，看到电视台记者采访鲁冠球的报道，通俗易懂地讲就是汽车的"关节"，让发达国家的"老外"竖大拇指的这个人不简单，这是他给人留下的第一印象。

1999年，中华人民共和国成立50周年。十年一大庆，已经是惯例。吉林化纤的董事长付万才作为全国劳模代表，被邀参加国庆观礼。他接到通知，办公室文书小常兴高采烈地告诉我陪同。事先我备了功课，代表们活动排得很满，要爬长城、参加国庆的国宴、到劳动人民公园去看演出，观看阅兵仪式。9月28日，我们入住了全国总工会的职工之家，按照日程安排，是看焰火。晚上吃完饭，代表们乘坐大巴车就出发了。早上7：10我出门，东边的天空飘过一阵阵乌云，乌云过后便下起沥沥的小雨，我的担心随着小雨在加剧，付万才的雨伞在我房间呢，这种担心反射到责任，我焦虑的心情与雨势成正比。我想，付万才患有糖尿病，医生告诫感冒会影响病情，我急得如热锅上的蚂蚁，我不时仰望天空祈祷，默默地念叨："不要下啦，停止吧。"可是事与愿违，雨不仅没停，反而越下越大，从小雨到中雨，中雨转大雨。一会儿，停车场传来汽车的轰鸣声，送代表的大巴车鱼贯返回，我仔细地辨认着付万才的身影，他是坐在第七号车上，到停车场才发现，不是按顺序返回，大巴车模样像是双胞胎，长得都一样，只是在车窗有标记，我举着雨伞，在人群中四处张望，寻找七号车，眼望着代表

1999年10月在国家纺织工业局楼前

永远的相约

一个一个从车上下来，却见不到付万才，我心急如焚。突然，付万才浅色夹克映入眼帘，与代表大多数西装不同，往他头上一望，在雨中撑起一把伞，我心中一块石头落地。雨下得很大，雨伞不太管用。从下车到宾馆门口大约有二十米的距离。他们疾步向前，雨水顺着雨伞的边沿流到打伞那人的身上。他的衣服已经湿透了。我三步并两步，走近一看，给付万才打伞的正是在电视中看到的鲁冠球。他智慧的大脑袋上，头发稀少，有点"地方支援中央"。

见到我，付万才咧了咧嘴，幽默地说："让雨攇回来了。"第二天是到劳动人民文化宫看演出。见到我眼光扫描入场门票爱不释手，付万才心知肚明，他不动声色找到工作人员问："我秘书没有去过劳动人民文化宫，演唱会门票转给他可以吧？"工作人员王处回绝说："演出有大首长出席，不行。"见到我胸卡是工作人员，又话锋一转，说请示了上级可以去。结果我拿着付万才的门票随同劳模们去劳动人民文化宫看演出，当时心里有点小激动呢，虽然不是劳模却享受了劳模待遇。大巴车上，我刚一落座就发现，坐在身边的人又是鲁冠球。他慈善的面孔，大大的眼睛，中等个子，胸上别满了诸多"劳动人民五一劳动奖章""全国劳模""全国优秀企业家"等荣誉称号的勋章。奖章多且重，衣服拽得有点往下沉。我跟鲁冠球几乎是零距离的接触，我们便攀谈起来，鲁冠球问："昨天是不是担心啦？"我说："是啊，我还要谢谢你，你的衣服都淋湿了，你把伞打给我们老板了。"他说："应该的呀，照顾老同志嘛。"到了劳动人民文化宫，我们俩一前一后进了场，代表们在最后一个节目"步步高"的乐曲声后，纷纷合影留念，鲁冠球拉着我的手说："我们照一张相吧。"我受宠若惊，忙把我在的傻瓜照相机拿出来，请身边的劳模给我们拍了一张照片。照片洗出来之后，我特意给鲁冠球送了过去，看样子鲁冠球很高兴，他说："小谢秘书，有时间一定到杭州找我，我陪你去游西湖。"

后来，我到北京闯荡，工作关系我曾 N 次去过杭州，有几次望着萧山万向节集团方向，拿着鲁冠球留给的电话号码很想打给他，又因为

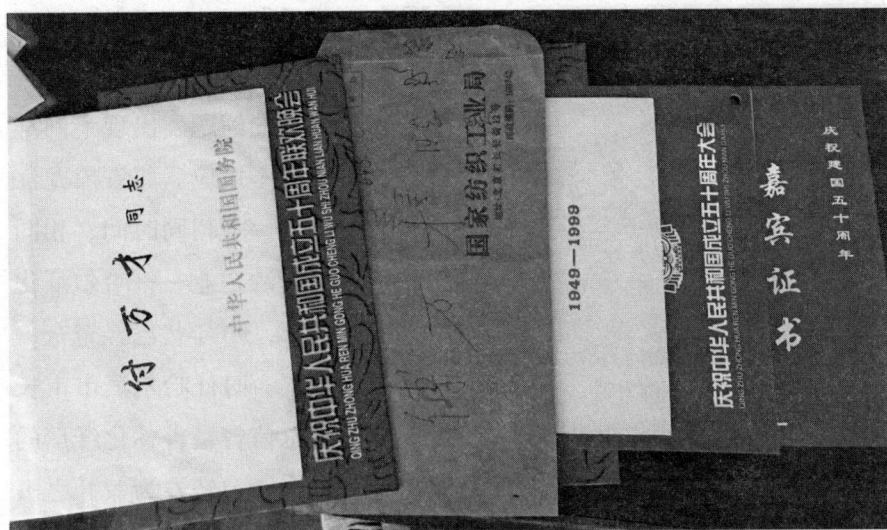

付万才 1999 年参加中华人民共和国成立 50 周年庆典部分请柬

身不由己放弃了。但是有关万向集团的消息和鲁冠球的动向一直都是我牵挂、关注的。听到鲁冠球驾鹤西去，我心里沉甸甸的，翻阅影集中保存的我与他十八年前的留影，眼睛顿时湿润了，没有能和鲁冠球二次握手，成了我一生的遗憾。

舵手应该怎样

　　"大海航行靠舵手"，是耳熟能详的经典语录，现实版的企业中，称企业家为舵手一点也不为过。付万才掌管企业，已经从计划经济体制的壳里脱离，企业要先做强，还是先做大？

　　我仔细想想，从他走过的脚印看，他的抱负是先做大。吉林化纤厂是 60 年代党和国家领导人为解决人民群众穿衣问题，而批准建设的，据说同时建的还有七个，分布在不同的地域，到了 20 世纪 80 年

车间摄影

代后期，这些企业同样面临从计划经济到市场经济转变的问题，出现不同程度的不适应。邻省黑龙江也有一个相同时间、相同规模的企业——哈尔滨化纤厂，90年代已经奄奄一息了。时任哈尔滨市市长时忠信曾是吉林化纤厂的职工，他与付万才共过事，也了解付万才的能力，曾经专为兼并之事来找付万才，条件很优越，付万才让我也参加谈判。我听说那个企业老总在管理企业时被人报复，汇报给付万才，他平静地说："企业管理是要代价的。"后来又谈了几次，越来越多的问题浮出水面，付万才果断决定，不谈了。

付万才上任后的第一年曾经遇到找米下锅的事情，吉林化纤的原料是浆粕，浆粕原料用木材，也可用棉短绒。随着森林覆盖率的降低，木材资源趋于匮乏。棉短绒是棉花后加工的产物，他把解决无米之炊的目光投向河北省。吉林化纤厂在1984年与河北省藁城市联合建设棉浆粕厂，建成后有2000人规模，干部全部由吉林化纤厂派任。有一天，我去付万才办公室，正巧他和即将赴任河北省藁城市浆粕厂的老总谈话，我听付万才说："要充分发挥当地人的积极性，把思想素质好、业务能力强的人选拔上来，咱们自己人要逐步减少，只管人、财和方向。"那老总上任后，果然减少吉林化纤派人数量，启用当地的人才，企业管理与吉林化纤同步。

1999年春天，我陪付万才到北京开会，住进华侨饭店，吉林化纤派到河北的老总朱长生赶到北京，这次他是专为开发新产品——竹纤维来汇报的。竹子做成纤维我还是第一次听说，虽然他和付万才谈话我没权力插话，但是从心里感到是天方夜谭。可是付万才一直都是耐心地听着，不时地还微微点一点头。竹子生长在南方，三年就可以成林，我知道的有浙江省安吉县、福建省永安县、江西省奉新县、广东省广宁县等十大竹乡。付万才当时支持开发竹纤维的另一个原因是资源成本，用木材做浆粕路子渐窄，而以棉花为主的原料也面临挑战，河南、河北等主要棉产地的棉花种植面积每年减少，影响企业的原料供应。"人无远虑，必有近忧"，如果竹纤维是一个突破口，对企业发展是有大益的。竹子是可降解的生物基纤维，早就用在造纸工业，有些事情只想不干永远是空谈，敢干才可能成功。那个想开发竹纤维的老总朱长生，长一颗精明脑袋，勇于创新的精神流淌在血液中。

到了 2000 年初，有一天，朱总推开我办公室的门，见到我，像是取稀世珍宝样从手拎包摸出一个背心。我知道，他是从河北回来过春节的。他先是让我摸摸手感，手指接触到背心，凉凉的，软软的，柔柔的，拎起有种垂重感。他神秘兮兮地告诉我："这就是竹子做的。"我用怀疑的口气问他："是真是假？"他肯定地点点头说："真的。"管它真假，我先收藏起来再说，我正要往柜子里面藏，他却说："就一件。"我明白，是叫我捎给付万才的，付万才习惯是从不收下属的任何礼物。那天，我把竹背心送给付万才，他警觉地问："什么东西？谁送的？"我告诉他："好东西，朱总竹纤维有下文，竹子背心让您体验。"又过几天，我晚上有个材料送付万才家，敲门时他在门镜见到是我，也就没穿外套，一开门，见付万才穿着的正是体验的竹子背心，直垂到膝盖，像是个裙子，我憋着不敢笑。我打电话给朱总，告诉他，你给老板的背心他当裙子穿了。当问及进展，他磕磕巴巴地说："正在攻关。"

攻关时间有点长，到 2002 年，竹纤维制品在一个国际展览会上，被日本人买去，他们经过分析、化验，结论是竹纤维有抑菌作用，是比较难得的新型纺织原料。这时候，付万才已经退休，朱总工作也调整了，但是接任者顺着这条路走了下去，尤其是宋德武在 2004 年接任河北省吉藁化纤公司总经理后，竹纤维发展有了长足进展，竹纤维毛巾、袜子和家居用品以及竹纤维衬衫家喻户晓，他组建的"天竹联盟"成为行业的创新发展模式。2012 年来我一直关注和参与"天竹联盟"的发展，2016 年 11 月在浙江省乌镇召开"天竹联盟"第十二届理事会上，我手捧"天竹十大功勋人物"奖杯，心情久久不能平静，已故的老董事长付万才，如果看到今天，那该多好。

善良的谎言

与付万才同期班子成员、党委副书记胡丙谦是体育老师出身，篮球场上健步如飞，见到我第一个动作是用手拍打我脑门，后甩出一句话："聪明绝顶。"我每每追加句："绝顶不聪明。"他不理睬我，径直回办公室了。他办公室曾与我对门，说起教体育，老胡虽是学化纤专业的，但是篮球打得好，尤其是三步上篮，谁拦谁犯规，他左右晃动球，让你不知深浅，晃动一下起跳，一二三投，十有八九投中。他当体育老师的时候，付万才在车间当技术员，也爱好篮球，两个爱好同一运动项目的人走到一起，又都受过高等教育。付万才当厂长时，老胡这个时候早就在车间当主任了，后来调到工会，等付万才当厂长兼书记时，老胡任副书记。

老胡性格直爽，他深知付万才的能力，在班子会议上对付万才的决定，支持率很高，但是在年产 2600 吨长丝项目中却保留了意见，因为这个项目之前老胡跑过市场。付万才习惯让班子成员每一年都去用户处走一走，除了了解市场行情外，他还有一个目的——检查下营销人员的廉洁行为，有没有吃、拿、卡、要，班子成员到市场后，他还要派纪委书记走市场，看看班子成员廉政建设情况。老胡调查发现，此市场满目疮痍，他担心付万才把流动资金用在项目上，企业缺血而

吉林化纤碳纤维厂区

吉林化纤厂景

死亡。班子会议上，老胡见付万才不松口，站起来声音很大地说："老付，我担心，听我一劝，这个项目缓缓呗。"付万才针锋相对地回答："机不可失，时不再来，晚了，黄花菜都凉了。"后来个别交换意见，班子成员第一个转折点在老胡，付万才单独找他谈话，言明利害，老胡说："对你的超前决策，我支持，你决定我照办。"口头上他同意，可是还是担心。结果项目投产，市场逆转，老胡心里压的石头落了地，从此以后，只要付万才拍板，他都比较放心。

有一天，我路过老胡办公室，听老胡在吼，声嘶力竭的，像是说："我主管，我负责。"过了一会儿，没动静了，我推开他办公室门，见老胡脸色苍白，手在抖，我问："什么事？发这么大脾气？"他告诉我是因为车间一个工人计划生育政策的事情，他和主管部门人沟通被拒绝，才发的火。老胡脾气暴躁易怒的结果是伤肝，不久，他查出肝硬化，住进了传染病医院，后来出院了，不久又进医院了。2000年乍暖还寒时节，我陪党委副书记楚国志去市内办事，吉林化纤距吉林市14公里，我们办完事往回返，老楚低头看看表，时针指向是十，便说：

"咱们去看看老胡吧。"那传染病医院坐落在一个山坡，虽然是春天，冰雪才刚开始融化，路很滑。汽车拐进了传染病医院，红砖白墙，口罩捂得严严实实的护士匆匆而过。我们在走廊尽头的房间见到老胡，灰色的灯光打在老胡发黑的脸上，见到我们，他血肿的眼睛微微睁开，有气无力地张开嘴，说了句："来，来了。"往他身上一扫描，我惊呆了，那个褪去雪白颜色的被子凸起，那是老胡肝腹水的肚子，因为腹水，老胡病入膏肓，奄奄一息。我忍不住痛苦，跑到走廊，他爱人跟我出来，我一句："胡书记为什么这样？"没有说完我便抽泣声越来越大，她爱人也泪水涟涟，把我拽出门说："老胡能听见。"回厂后我和付万才汇报老胡病情，他果断指示，告诉办公室："通知班子在家成员，去看老胡。"老胡见到付万才先问工厂情况，他惦记正在建设的腈纶项目。付万才说："我们是来通知你来上班的，工厂需要你。"老胡听罢，脸上露出一丝久违的笑容，安详地闭上双眼。

不被名利束缚的淡定

付万才第一个荣誉称号是"全国优秀企业家"（金马奖）。那个奖项层次较高，20世纪90年代，许多著名企业家都在其中，这个奖是由中国企业家协会评选的，由行业企业管理协会申请，文件下到厂企管处，企管处长潘家英批示，由秘书处准备材料。我照文件要求撰写了3000字左右的材料，交上去后便石沉大海，没有一点消息，那个企管处潘处长心里也没底，便打算请示付万才到北京看下，潘处拽着我和付万才见面，付万才开始不以为然，说："算了，评不上也没事。"我说："如果不报材料也罢，报了材料又评不上，没面子。"这句话付万才听进去了，他同意我陪潘处到北京。

我们两手空空也不知找谁，先是按文件找到中国企业家协会，在门口打电话，那个接电话的人说："先要你们行业报材料。"于是我们又返回到了行业，行业的确有企业管理协会，那个女处长很

付万才晨曦中的吉林化纤

忙，一句话打发我们说："就凭你们在行业的排名，找谁也没用。"我这才知道还有排名一事，一问才知，我们行业排名第 22 位。再问，行业报材料名额为 6 名，最后从 6 名选 1 名，这个难度有点大。那个潘处左思右想，说："谢秘，要不你再看看，我明天回去了。"我当时一直认为材料过硬没有问题，谁想还有其他问题。意想不到的事情发生，让我进退两难。我想，如果和潘处回家，也顺水推舟找个理由，因为企业排名靠后，所以推荐不上，合情合理。但是，评选条件上就没有企业规模大小这一条，而是企业家政绩为主，企业排名在前的企业家，与付万才相比，我不信会比付万才事迹突出。我决定先不回去，尽力争取一回。

第二天我和北京办事处老王，又跑到中国纺织总会，在那女处长办公室，我不慌不乱地对她说，要汇报下情况，这次她心平气和了，坐下来听我介绍。我一口气倒出，从付万才接任，企业效益翻了四番，到从严治厂受到各级领导认可，包括行业领导肯定；从付万才廉政，到他无私奉献，连企业文化建设、班组建设和质量管理体系认证都娓娓道来。她听得很认真，在关键地方还做了笔记，一个劲地点头。"酒香也怕巷子深"，我见到她诚恳的态度，心里想，企业宣传确实很重要。我又待了两天，两天后又敲开了企业管理协会的门，那女处长态度 180 度转弯，她说："已经研究完了，行业报了 6 个人，由于付万才事迹比较突出，所以进入 6 人名单，但是排序靠后。"后面的话我没有

付万才在调度中心了解生产情况

听清，肯定的是企管协会没枪毙，给报上去了。企业管理协会报上去，等于万里长征第一步，以后的事情，我还是要攻关。

这个事报告给潘处，潘处传达付万才的指示，可以回厂了，但是我不能不清不楚就这么回去，中国企业家协会那边怎么样还是未知数呢。有句话叫"将在外，君命有所不受"。我跑到中国企业家协会，想要请相关人员吃饭，可他们先是在堆成小山的资料中翻出付万才的报表，看看后婉拒，我有点心灰意冷。看来看去感觉没戏了，想想明天打道回府吧，结果车票被卖完了，买的是后一天的火车票，又得等一天。于是到北京王府井大街转一圈，买了本《写作鉴赏》，下午在办事处睡觉。第二天闲来无事，到处转转，无意中又来到中国企业家协会门口，又进去看看，人家见到我，没有理会，都在忙。办公室最前面桌子上一堆申报材料，一个大眼睛漂亮女孩正在挑选材料，有一边多的堆在一起，还有一边少的堆在一起，这引起我的注意力，看了半天，没有看懂，我问她："为什么分两堆？"她瞅了我一眼，又低头忙，见我没走，说："少的是双推荐。""什么是双推荐呢？""省级企业家协会和行业共推荐呗。"我恍然大悟，原来还有双推荐一说，那么，我们也要双推荐呢。于是，我向她把材料要到手，她惊讶问："不报了？"我撒谎说："有个数目还没核实。"她告诉我："快点，下周三就要上会讨论了。"

我立刻返回吉林省长春市，找到主管部门，由于吉林化纤厂每一年都有基建项目，大都是省级重点工程，所以，在省内比较出名，电视有影、广播有声、报纸有字，那个处长说："付万才应该选上，好事。"摸出抽屉里的章，在材料后面的空白处"叭"的声一响，章盖

不被名利束缚的淡定

上。我拿到后又返回去，把材料毕恭毕敬地交给那女孩，她看到后面的公章，说了句："哟，也是双推荐。"我看着她把材料搁在少数的那堆，长吐一口气。

见她基本没活儿了，我和她聊天，套套近乎，她说她刚刚大学毕业，山东人。我说我祖籍山东昌邑。套上老乡关系，请她吃饭她拒绝了，但是她答应帮我看看，有信息告诉我。回厂后，有一天，那女孩真诚信，在有结果后，打电话说："公示结束了，文件发布了。"我欣喜若狂，把消息汇报潘处，潘处感觉有点不可思议，看看我一个劲地追问："真的吗？"过了几天，文件下发了，她拿着文件找付万才汇报去了，她算是有良心，一个劲地在付万才面前夸我办事有点能力呢。

低调做人主旋律

付万才捧回"全国优秀企业家"的证书后，1996年初我曾陪他参加在武汉召开的"中国纺织企业家协会理事会"。儿时，在语文课本上学习过武汉长江大桥，这是中华人民共和国156项重点工程，横跨汉阳龟山和武昌蛇山，全长1670米，1957年建成，上面行人和汽车，下面行火车，是中国人引以为豪的壮举。想到可以见到向往的武汉长江大桥，有点激动。到了武汉天河机场，有人接站，路过一个大江，司机告诉我那是长江，但是桥不像书里描写的桥的样子，我疑惑地问："这是武汉长江大桥？"司机师傅笑了，说："我们经过的是长江二桥。"不禁感叹，这二桥都建成了，司机说："二桥全长4460米，纯公路桥，你们赶上了，1995年通车，才通车半年。"车行驶在桥上，浩瀚的长江传来阵阵轮船汽笛的长鸣声，举目四望，远处重峦叠嶂，阳光和煦，自豪感油然而生。

付万才向国外客户介绍产品

会议在一个叫"迎春花"的宾馆召开，有300多名企业家参会。会议期间除了领导讲话致辞，专家解读行业形势外，有一个议程是企业家自由发言。我事先准备了一个发言提纲，当现场企业家们争先恐后抢发言时，我注意到付万才选择沉默，但无论是谁发言，他都专注听讲，认真思考，认真记录。主持人见发言人说的差不多了，手持话筒，对企业家说："下面请全国优秀企业家付万才同志讲话。"付万才站起身来，谦虚地说："听大家讲，听大家讲。"说完之后把话筒递给旁边山东如意纺织公司的老总邱亚夫。会议期间，我们的一个武汉客户来看望他，第二天是游览黄鹤楼，他提出到客户企业参观，我陪他去企业，他一边参观，一边了解产品质量可能存在的问题及改进方法？公司领导一直说："产品质量很好，国家银牌！"他们提出多给些额度，付万才答应回去研究下。我知道这是托词，他从来不管销售的事，企业产品紧俏时，批一吨计划外的白条子，一过手就能换3000元钱现金，他把这个权力交给主管销售的老总，自己从来没有批过一个白条子。他把质量管理当成生命线，谁砸了工厂牌子，他砸谁的饭碗。吉林化纤厂的产品在客户中享有很高声望，那一次，客户给我买了土特产，被我婉言拒绝，告诉他们，我私下里接纳礼物，会丢失饭碗。

会议结束，付万才提出早点出发，客户用新买的日本小汽车送我们，结果行驶到长江二桥，车突然熄火，司机急得满脸汗水，左检右查也没有修好。而桥上出租车不能停，情急之下，我求站在桥头堡武警部队战士帮助拦车，才救了急。好在付万才告诉我提早两个小时往机场赶，才没误了航班。不知道为什么，这是他第一次也是最后一次参加行业会议，虽然他是中国纺织工业企业家协会副会长，但是大多会议都是我代他参加，左思右想，至今仍然是个谜。

失职的遗憾事

记得有两件事对不起付万才，也是我这个不称职秘书的终身憾事。一次是我们去北京开会，那次是"全国班组建设工作会议"，由国家经贸委主办。在众多企业中选了两家企业，一家是山东青岛做家电的，也是常青树，创造了"当日事，当日毕"的工作法；一家是我们，经验是"建职工小家，促企业发展"。据有关方面透露，两家企业的材料送交主管部门批准，时任国务院领导人点名由我们在大会介绍经验，这一切都很顺利。开完会我陪付万才，是八点多飞机，办事处老王开车六点多便到了机场，按照正常程序，他应该陪我们吃个早餐，可是那天他一声"拜拜"，开车回了。我左肩背着我的出差包，右手拎着付万才的包，走进首都机场航站楼。放下包，我要去买早餐，付万才不让，像是老父亲对儿子的命令："你看行李，我买饭。"看他不容置疑的坚定，我只得从命。他先端着两盘包子，放在桌子上，又踅返回去端起两碗汤，端汤时脚滑了一个趔趄，人虽没摔倒，但碗里汤溅撒一身。付万才平时干干净净的，每天都换洗衣衫，见到他衣服脏了，吓得我不知该如何面对，我忙说："去卫生间换了吧，兜里还有新洗的。"但是他对我的建议置若罔闻，不理不睬，说："吃饭吧。"那顿饭我如嚼蜡，草草结束。现在想起来就后悔，我千不该万不该让董事长给我买饭。这叫"小磁盘过河——不知道深浅"。

另一次是在杭州开会时，在萧山宾馆，吃早饭时我基本上先尝尝味道，如果是甜食，就告诉付万才不能吃，那个饭店早餐有用梅干菜做的，我说能吃。他迟疑了一会儿，还是相信了我。结果他吃后肚子不舒服，在机场上了几次卫生间，最后还吐了。见到他痛苦的样子，我心中懊悔万千。1997年，他突发感冒，我问医生："什么药好得最快？"医生说："打针比吃药快。"那就打针。按我们当地医院的经验，打针三天一定好，打了三天5%葡萄糖加氨苄西林，因为付万才吃不下饭，我说："再打10%葡萄糖吧。"医生采纳了我的建议，又打两天，仍然不见好转，还出现尿频症状。医生有一点慌了，转到吉林市医院，那个主治医师开了一堆化验单，化验血糖，结果餐前血糖13.2，正常值6.11，又做了耐糖试验，诊断出来了，是糖尿病。医生说："你们再打两天葡萄糖，恐怕见不到你们董事长啦！"往事不堪回首，结论是没知识和害人同样可怕。

让不可能成为可能

　　从付万才于1985年3月任吉林化纤厂厂长，到2002年6月离开岗位，17年时光，先后有六人任他秘书，我在秘书岗位12年。一般规律，秘书是升迁台阶，也拥有换工作岗位的便利，许多人做秘书后很快便有新岗位，或在更短的时间被提拔，干十年以上踏步不前的秘书不多见。

　　我静下心来，一直想为什么不换我呢？带着疑惑，我曾向一位资深的原

付万才与客户一起在工地

吉林化纤领导请教。他说："是因为付万才看重你为人处世的方式和写文章的才华。"见我丈二和尚摸不着头脑，进一步解释："付万才是一个实干家，不喜欢拐弯抹角的说话方式，一是一，二是二，不喜欢耍心眼的人，你小子是有话直说的人。优点是性格直率，缺点是太直率，能够和付万才反映真实情况，是他用你的重要原因。再次，你写材料不是最好，但大概意思正确，可以用。"他的话我不是全部认可。我认为忠诚是我跟付万才长久的重要原因。

宣传付万才时，有一天，付万才叫文书小常送我份厚厚的材料，是公司另一个干部写的付万才报告文学，文笔流畅，语言生动，洋洋万言。与他相比，我自愧不如，我写的材料，由于水平有限，真的没有什么文采。我认认真真地学习三遍，怀揣忐忑来到付万才办公室，他抬起头瞅了一眼，就又埋在批改文件之中，我见状，后退两步逃回办公室。那材料后来夭折了，个中原因估计是付万才从骨子里的不信任。有几次，一个材料两个人写，他看字迹不看内容，不加掩饰说："用小谢写的。"

其实当秘书很累，每年写两届职工代表大会的报告时，是我最沮丧的时候，三堂会审，付万才立下规定，只许提意见，不许唱赞歌。一般来说，我先阅读主要生产车间的总结，看看有没有可能借鉴的地方，再看重点处室的总结，后列提纲。等到夜深人静时动笔，偌大办公楼除了一楼门卫打更者，第二人便是我，事先准备一壶茶水，早晨纸篓里扔满了因思路堵塞写的草纸。职代会报告讨论会有二三十人，我先念一遍，扬扬万字，我读得脑门冒汗。付万才不动声色地听着，大家目光齐刷刷地投向他，他认为满意时，脸上露出浅浅的微笑，如果不满意则直截了当说："这材料驴唇不对马嘴。"第一个结果是轻描淡写地提意见，轻松过关。第二个结果就惨了，我虚心接受意见，认认真真地记录，中间付万才不时地插话，记录本密密麻麻写好几页，散会时付万才往往甩过句话："这秘书该换了。"回到办公室以后，我先冥思苦想一会儿，脑袋瓜子像是乱麻，理不顺思路。这时纪委书记

企业扩张收购吉薹发电厂

苗福仁会出现，他是笔杆子出身，我们平时谈得拢，他会帮助我理理思路，谋划题目，我们碰头后我再深耕，往往过关。这12年共24次职代会，付万才只一次让另一个人写，是我任秘书第八年，我暗中窃喜，心想，可算见到天日，因为那人是准备接替我的，可材料送到付万才处，立即被他枪毙，命运又一次擦肩而过。

谨言慎行，如履薄冰，是做好秘书的关键。凡是付万才不喜欢的，我都远离，凡是付万才不提倡的，我坚持不做。有句话叫"塞翁失马，焉知非福"，一直做秘书的经历成全了我的北漂，就如外科医生，在病人身上开刀多了，熟能生巧成为专家。我在秘书岗位上干得年头长，知名度也高了，才引起时任杜钰洲会长的秘书夏令敏重视转任中国纺织信息中心副主任，他下面有个杂志社，因为缺人，想到我，才有了北漂的机遇。

航拍挺难的

1994年秋季，中共吉林省委组织部电教中心拍摄的《共产党员付万才》专题片近杀青。导演赵记者突然觉得没有达到预期效果，他提出要鸟瞰吉林化纤，我冒出句话："航拍?"他肯定地点头。

我把这事汇报付万才，付万才没点头也没否决，我一想，恨不得打自己耳光，这事，应该找党委副书记胡丙谦，老胡拍胸脯说："没事。"航拍对其他人也许很难，但是对我们厂很容易，距吉林化纤厂5公里有一个空军基地是吉林化纤厂军民融合共建单位。我和老胡找到万站长，那万站长热情得让人吃惊，原来他正准备找老胡，有个营长家属随军希望安排在吉林化纤厂，老胡满足要求，对方也对航拍做了部署。万站长说，过两天伊尔运输机来吉林保养，保养后试飞，届时通知厂里。回来后老胡布局航拍之事，人员组成有编导老赵、摄像小叶、摄影小吴、机动是我。那个伊尔飞机是什么样？我一无所知。安全性怎么样？茫然。为此，我专程来到场站，找到万站长刨根问底。他说："伊尔—76是苏联制造，空中运输机，主要任务是首长视察和搬家用，安全性能极佳。"那天下午，接到电话通知，万站长免费提供航拍事宜，照惯例航拍后吃饭也是必须的。听说那飞行员能喝酒，我向付万才请示看看谁陪？付万才想了半天，他不喝酒，老胡肝不好，不能喝，再没谁了。我建议组织部部长申庆祥，听他讲他过去当兵搞核武器，下坑道作业，坑道又湿又潮，保健品是酒，每个人背一壶白酒，当水喝，他能喝一斤，平时喝酒没有见他醉过。

我通知厂宾馆准备饭后，我们驱车前往场站，到场站时，飞机螺旋桨已经转了，距离飞机直径约三米的草，在螺旋桨的扫荡下一边倒，发动机轰鸣声直刺耳鼓。飞行员姓金，身材伟岸，有个大肚子，满脸

航拍鸟瞰吉林化纤

严肃，他扔给我们每人一个安全带，示范叫我们装备好。登上飞机像坐拖拉机似的，"突、突突"响不停，起飞时也不平衡，像是在大风浪中行驶的小船。飞机上仅有三个座位，一个飞机驾驶员、一个副手，还有一个是首长坐的。我们站着，把安全带系紧在舱门，升空后舱门打开，一阵阵风呼呼地刮进来。小吴手拿照相机拍摄，而小叶自飞机升空便开始呕吐不止，飞行员扔个洗脸盆子，他捧着脸盆一直不休止地呕，小半盆都是他的杰作。小吴见状，把摄像机反挎在我身上，我临时抱佛脚，把摄像头对准下面，眼下依稀可以见到一片厂房、丘陵和河流，大烟囱像是竹箫，冒着白烟，飞机低空飞行，我感觉飞机要撞到烟囱上了。飞了10多分钟时，小吴说拍错了，拍成了吉林化学工业公司。飞机又转身，掠过一座山和铁路桥，松花江"之"字形结构看得很清晰，吉林化纤厂标志性建筑——一排毒塔尽收眼帘。当我们筋疲力尽、晕头晕脑下飞机时，只觉得耳膜穿孔，好半天也听不到声音。晚上，组织部部长老申陪飞行员老金和场站万站长喝酒，万站长介绍说老金是团长。金团长来者不拒，不论谁敬酒、敬几杯酒都是扬脖见底，也不知喝了多少，结束时，老申想站起来，结果一屁股坐在地上，口水直淌到脖子，我送老金回场站，随口问他说："你能喝多少酒?""二斤"他答，难怪把老申喝得醉醺醺的。第二天，小吴拿我拍摄的录像带给我看，全部是虚影，眼花缭乱。他说句"闹心"，便没下文。

全国劳模代表团里的非劳模

　　1995 年 5 月，全国总工会在当年评选的一千多名全国劳模中又筛选出了 38 名，组成全国劳模先进事迹报告团。当时吉林省的全国劳模中已涌现出张贞泉和于永来两位，前一位是吉林化学工业公司一名钳工，一位敢动洋设备、敢改洋设备的中国工人，外国专家为之竖起大拇指、被誉为给中国工人争光的典型；而另一位则被当时全国总工会一位主要领导称之为新时代最可爱的人，是第一汽车制造厂铸造分厂的车间主任，他是一位肯于动脑筋而做出成就的基层领导，他在设备改造上有一手绝活。付万才的名单推荐在他们之后，一个省出现三位在全国巡回报告的典型，无论如何也不成比例。全国才38人！但吉林省总工会还是全力推荐，全国总工会的领导还是例行公事的要看看材料。我当时与付万才在京西宾馆开会，会议是全国纺织系统的劳模表彰会。突然，公司办公室常秘书来电话，电话打到付万才住的宾馆房间，要人去全国总工会当面汇报付万才事迹，付万才把这事交给我来办。

我到全国总工会的经济部找到负责材料的领导，一位中年男子，手掐着烟，桌子上烟灰缸里满满的烟蒂，还有的散落在桌子上，一落座他们就说："看了材料好像是不够劲，你讲一讲他的事迹吧。"我思索了一会儿，

作者谢立仁 1995 年在全国劳模事迹报告会内蒙古自治区作报告

道："讲哪一方面的？""你就随便讲几个他的故事吧。"

于是我讲了起来，当讲到 20 多分钟时，一位女同志先掏出手帕并摘下眼镜，另一位在写字台后面的大约 50 岁的一位男同志眼睛湿润了，后来知道他是产业部副部长陈玉盛。讲完后他说："和宣传的全国典型孔繁森的事迹差不多，一样生动。"之后要我整理材料，再经全国总工会陈副部长修改。

1995 年，全国劳模事迹报告会首场在人民大会堂举行，偌大的人民大会堂会议室座无虚席，我一进门被天花板上星群闪耀的灯光吸引，这种景象是在电视里看到过的，现在我也能到久仰之地，心里很激动。

主席台前面的横幅醒目——全国劳模事迹报告会，有六位全国劳模做事迹报告，付万才第五个讲话，他的讲话分三个部分，决策超前、管理从严、为政清廉。全国总工会经济部一名陈副部长和两个处长审查、修改稿子，那位副部长是大笔杆子，帮助我一字一句地修改，从他那里我更加深刻理解"天外有天"这句话。付万才的讲话赢得三次掌声，尤其是他讲到妻子生病，他一边组织开展项目建设，一边照顾妻子，在妻子病危去世时没能见最后一面时，我听到阵阵哭泣声。付万才患有糖尿病，仍然坚持每天早来晚走，一心扑在工作上，妻子去世十年，自己照顾自己，这些情景体现了一个全国劳模的风采。作为当年评选的一千多名全国劳模的杰出代表，会上受到时任全国总工会主席尉健行等领导接见。

　　首场报告会后，全国总工会组织赴各地巡回报告团，付万才被选为去华东地区五省区做报告，通知书第二天下达，我送到他住地职工之家宾馆，他拿到通知书看了半天，他对我说："厂里正值 2950 吨长丝开工，我放心不下。这一走就大约一个月，我担心要耽误事的。"他顿了顿，眼睛盯着我说："我看，你替我去讲吧。"晚上吃饭后，时任全国总工会副主席李奇生来看他，李副主席曾在吉林化学工业公司工作，他们厂与吉林化纤厂一江之隔，在吉林市就认识。付万才对李奇生说："事迹报告团要在五个省、自治区巡回报告，时间太长放心不下工厂，加之糖尿病，临来北京时餐前测试血糖 13.2，要回吉林治疗"。李奇生说："血糖正常的 6.11，治病是大事，要不要全总联系医院在北京治疗？"付万才摇摇头："血糖不是一天两天能够降下的，还是回去吧，我放心不下工厂。"李奇生有点为难，劳模事迹巡回报告是全总班子确定名单，报上级领导批示的，怕不好变。付万才听罢，指着在旁边给李奇生倒水的我说："叫我秘书小谢代讲行吗？"李奇生并没有马上答应，说回去研究研究。研究结果很快，转天早晨，就通知让我九点到全总经济部试讲，如果可以的话代讲，试讲不行，还得付万才讲。我有点害怕，这个责任太重，对付万才说："我怕不行。"付万才鼓励我："别怕，材料都是你写的，讲时慢点。"

全国劳模代表团里的非劳模

于是，我忐忑不安地走进经济部办公室，心里默念 N 遍"不紧张，不紧张"。那个女王处长见到我，领我来到一个小会议室，里面坐着六七个男、女干部。并没有开场白，我手持材料并没有照本宣科，而是凭记忆开始介绍，因为材料我改写三十多遍，早刻在脑海里了。应该讲了半个小时，讲述到 20 多分钟时，有四个人流泪了，其中称为陈部长的示意停止，他看了一眼其他几个人说："你准备下，今晚住全总职工之家宾馆，明天随团去内蒙古自治区呼和浩特市做报告。"他把报告团长、国家民委副主任江家福秘书电话号码给我，那个电话是座机号，还有一个马副处长电话，也是座机，那个时候手机很少，手机也是砖头似的"大哥大"。于是我成了劳模事迹报告团成员的非劳模，才有《和全国劳模在一起》中的经历。

和全国劳模在一起

我有幸作为全国劳动模范付万才的代讲人，参加全国劳模报告团第二分团，赴内蒙古、山西、河南、河北和山东做巡回报告，这是我一生的荣幸。在和劳模们朝夕相处的日子里，我学了很多东西，也有着深刻的感受……

他们不愧为楷模

第二分团的劳模来自六个省市，六位劳模中有一位全国商业系统的榜样，服务意识创立者的上海第一百货公司马桂宁，被人称为"马派"。在多年的实践中，他探索出一套研究顾客消费心理的经验。一次，一对恋人选购毛料，男方夸下海口，只要女方把衣料选好，他便

远眺吉林化纤

立即付款。马师傅帮助年轻姑娘挑好了毛料，刚要送顾客走，女青年觉得这块料子好，提出给妹妹带回一块做裤子。这时马师傅见男青年的表情如天气"晴转多云"，他为了让顾客满意而去，便灵机一动，转过身对女青年说："其实，各人的喜好不同，这布料不一定适合你妹妹。"又说，"如果需要，我可以给她留一块。"一句话使姑娘心里感到热乎乎的。男青年临走时拍着马师傅的肩膀说："这位老师傅，服务态度蛮好的。"

马师傅站柜台 32 年，他潜心总结出顾客的十种消费心理，有奉命型、挑剔型、从属型等。和马师傅接触，让人感到他既有买卖人那种精明，又有平常人那种朴实，让人有一种信任感。作为两次被评为全国劳模的他，作为上海市人大代表和第八届全国人大代表的他，一有空儿就站柜台，他说："每当站在柜台上，面对顾客，我心中就有一种满足感。"

最令人难忘的是 20 世纪 90 年代初，一天下班后，商店党委书记找到马师傅说："晚上有重要客人来，请你留下。"

晚九点多钟，一位国家领导人和他女儿来到上海第一百货商店，当时的上海市委书记介绍说："这位是马桂宁，服务态度很好的。"国家领导人听后满意地点了点头，并从兜里掏出 10 元钱，指一指文具类的柜台说："买几支铅笔。"马师傅精选了几盒铅笔，又挑了几块橡皮，小心翼翼地包装好后递到这位国家领导人的手里。这位国家领导人将铅笔交给了随行的女儿，握住马师傅的手说："谢谢！"听马师傅讲，这位国家领导人的女儿曾对商业部部长说："父亲在中华人民共和国成立后买过两次东西，第一次是 50 年代在王府井百货

全国劳模鄂福宗

大楼，第二次就在上海第一百货。"一说到这，马桂宁脸上便洋溢出喜悦的笑容。

当谈到当今劳模的奉献和回报不成比例时马师傅说："我这辈子也有升迁做领导的机会，我的152个徒弟中许多都是领导，但我至今仍没当官的想法。一个人活一辈子不一定当官就舒服，我觉得我干营业员最合适。我已经50多岁了，我离不开我的岗位，我愿为顾客服务终身。"马桂宁师傅还讲，他要把自己的工作经验传给同行们，他已在几所大学任教，上海纺织大学、复旦大学里都有他的课程，他还要把辐射面扩散得更广……

报告团有位善讲者，他叫杜贤东，是新疆建设兵团农一师的司机，从一名普通的司机成长为全国劳模，不是件容易的事。杜师傅是四川人，60年代被贬的父亲把他带到新疆偏僻的阿克苏地区。在兵团，他开过拖拉机，鼓捣过"老爷车""报废车""亏损车"，一句话，别人不干的活，他干，别人不开的车，他开。在他手里，奇迹总是不断再现。

我在呼和浩特和他同住一个房间，晚上，我们的谈话转移到了他的工作。他说："开车的考核都是实打实的硬指标，我跑108万公里无事故，靠的是干。别人正在睡觉，我就要起床，检修好车，以防路中的不测。常常是三顿饭并做一顿吃，有时就省下了。为多拉快跑，我常常是即当司机又当搬运工。为取得顾客信任，我还负责为顾客算账。"近几年，车队承包，为联系货源，他自掏3000元，安装了一台程控电话，他每年完成的任务、获得的效益在全车队所占的比例达三分之一。我插话问："全车队多少台车？"他告诉我，24台车。难怪，车队用四个小伙子换他年近半百的一个人呢！

宾馆每天都要在房间里摆上水果，饭后，我递给杜师傅一个苹果，他摆摆手说："我没有吃水果的习惯。"午饭后，我要躺下午睡，他却忙这忙那，我问："为何不睡？"他说："这么多年，从来没睡过午觉。"于是，我们又打开话匣子……

给人留下深刻烙印的是一位藏族的劳模。这位叫陈德华的同志来自天府之国，是甘孜州雀儿山道班的养路工。他工作的地方被人们称为"生命禁区"，海拔4800多米。他用四川标准汉语说："我们那个地方，常年见不到绿草，常年吃不到新鲜蔬菜，苦得很。"据讲，他工作的地方距大渡河近，是过去红军爬雪山、过草地的必经之路，这条路是金珠玛米（解放军）50年代修建的，是内地通往西藏拉萨的唯一公路。我以为距拉萨一定很近了，他说："远得很，要走十天呢！"

就是在这样的条件下，他带领道班的12个兄弟，为保证过往车辆的安全，用手在岩石缝里扣泥土铺在路上。到了冬季，他们实行车辆管制，道班的同志做引航员，使车辆安全通过山口。有时，车辆多了一时过不去，他们就把自己的房子空出来让司机住，省下自己的干粮送给司机。他们一年四季吃的都是用雪融化的水

作者谢立仁1999年10月与鲁冠球合影，也是仰慕已久的人

做的饭。难以想象，这位只有110斤重的藏族同胞是怎样工作的？是如何克服艰难的自然环境的？

在报告团中年龄最小的是青海民河税务局的稽查队副队长鄂福宗，小鄂属马，29岁。这位土族同胞在税务战线上刚直不阿，坚持原则，在他手下没有人漏税。他是在青海、甘肃两省之间的检查站执行公务。

有一次，一位留山羊胡子的彪形大汉带领两辆卡车通过检查站，鄂福宗很客气地说："师傅，请接受检查。"山羊胡子怒气冲冲地说："谁是你师傅，少啰唆，放我过去。"当山羊胡子的无理要求受阻后，他把鄂福宗推到一边，开车冲了过去。鄂福宗疾步跨上三轮摩托车追去，卡车司机狂踩油门拼命地跑，摩托车拼命地追，有几次摩托车追上卡车，卡车不让道，把摩托车挤在后面。当追到距甘肃省界不远时，

1995年劳模事迹报告团在河南郑州

鄂福宗加大了油门，冲过卡车，急刹车，好险啊！卡车在距摩托车不到半米处煞住了车。卡车司机吓得脸发白，冷汗直往外冒，卡车司机对山羊胡子说："快交钱吧，他们是玩命的。"小鄂就这样，为国家收缴了漏税款100多万元。

来自安徽省望江头针医院的院长陈道翼，是一位典型的知识分子。60年代，他24岁当院长，但他的人生路并不平坦，在困境中，他与命运抗争，学习中医头针医道。

"五七"干校中有一位省卫生厅的原副厅长，是用针灸治病的专家，被打成"走资派"后没有人理他。陈道翼主动接触他，他因生病，生活不能自理，陈道翼护理他，给他喂饭、端水，甚至为他清洗大小便失禁后的衣裤。这位老专家感动了，收陈道翼为弟子，把祖传的秘方传给了他。陈道翼潜心研究，成为全国头针医治瘫痪的佼佼者。他多次到国外讲学，许多国外的患者被他治愈后，纷纷邀请他到国外行医，有美国的、日本的，还有韩国和新加坡的，但都被他谢绝了。第十一届亚运会，他是国家100个在北京挂牌行医的专家之一。这次组

和全国劳模在一起

成报告团前夕，他还在美国。美国政府允许他以自己的名义，在美国挂牌行医一个月，收入归己。而且已经为他联系好医院了。但是，为了参加报告团，他却提前回国，这举动令老外费解。他说："我今年57岁了，我要带一带徒弟，还要把现在的医院扩大，已买下200亩的土地，要建一个康复中心，争创国内一流。让国外、国内的患者在我这住院、疗养。我这里距庐山、黄山都很近，便于旅游，这些都要在三年内完成，时间不等人啊！"他还说，"将来退休了，我也要看病，搞个门诊部，每天工作半天……"我好羡慕他的宏伟计划。

韩老师叫韩玉玲，她是报告团唯一的女劳模，虽然她是文静的女人，但是她的事迹不简单。她时任海口第九小学校长，被评为中国十大女杰之一，获改革开放功勋奖章。看起来，她慈眉善目，平易近人。她说，搞教育最基础的是钱，她为了筹钱，曾多次到各单位申请捐助，磨薄了嘴皮子，跑薄了鞋底子。为了有足够的经费，她把学校的小棚子拆了，盖起了写字楼，每年出租费就收回20多万元。而她却谢绝了国外亲属把她的年薪作为月薪的聘请，她努力把学校办成电化教育在国内一流的学校。

1995年5月在内蒙古自治区参加劳模事迹报告团

她讲了这样一件事，一位教师在课堂上因学生回答不对问题，盛怒之下，打学生一耳光。课后，韩玉玲找这位教师谈话，教师不承认。她把那位教师领到办公室，打开电视机，电视屏幕上整个教室一览眼前，这位教师在事实面前不仅认了错，还表示今后决不重犯。现在，在海口，许多家长都把孩子能进入第九小学当作引以为豪的事，称第九小学校是培养大学生的摇篮。据讲，1995 年召开的世界妇女大会在京举行，韩玉玲目前已收到参会的通知，近日将进行一个月的培训呢。和韩校长谈到人生，她说："我认为事业的成功、家庭的幸福和子女的成材，应该是劳模拥有的。"她事业成功了，家庭也很幸福，她爱人退休，当上了家里的后勤部长，两个孩子都是大学毕业。近日，在澳大利亚留学的儿子正张罗喜事呢。又悉，电影制片厂已在拍摄以她为原型的电视剧。韩玉玲真乃女能人。

他们赢得了掌声

临出发前，全总副主席张丁华来到劳模住地——中国职工之家，和分赴各地的劳模共进晚餐。5 月 18 日，是我们第二分团出发的日子，当飞机在 23 点 45 分，晚点 2 个多小时降落在呼和浩特机场时，分团的领导——国家民委副主任江家福通知："劳模报告团最后离机舱。"走下飞机，机场上镁光灯、电视照明灯在闪烁、扫描，欢迎的礼仪小姐给每个团员献上鲜花。蒙古族歌手以天籁般的嗓音唱起具有民族特色的祝酒歌，洁白的哈达披在团长身上，银碗盛满足足二两白酒，捧到江家福副主任面前，江副主任一扬脖，碗见底。接着，欢迎劳模的人们簇拥着我们上了事先准备好的小汽车。这是开端，这一路大同小异，到处是锣鼓、鲜花、掌声，每到一地都是这么隆重。各省、市、自治区的主要领导都出现在欢迎、欢送仪式上。对于这一点，劳模们终生难忘……

5 月 19 日上午，劳模为内蒙古区直机关和产业系统的 2000 多名干部、职工作报告。当马桂宁讲到他刚参加工作时，把一捆约有 20 多公斤的布送到顾客那时，顾客早已走掉时，会场上听众发出笑声；当他讲到为一位老华侨服务到家，饿着肚子为老华侨做服装，并收到老华侨的感谢信时，会场又响起一阵阵经久不息的掌声。事后，一些听众对江家福副主任的秘书马文喜说："如果我们的营业员、售货员都像马桂宁那样，我们的商贸事业就发达多了。"马桂宁作完报告，呼和浩特市的人发商场领导便赶到住地，和马师傅交流起来。

在河北，我们去商场转转，营业员一眼看出是劳模报告团的。原来，河北搞了个电视现场转播。这位营业员马上向领导汇报，我们都被请到经理办公室。在济南，马师傅的徒弟领着爱人专门到山东工会大厦，看望马桂宁同志，济南商业局的同志用专车把马师傅拉走为他们开"小灶"，特地讲一场。到了青岛，国贸公司的姜玉铃总经理早就听说马桂宁的事迹，她把马桂宁请到国贸公司。青岛商业局的领导在当地营业员中挑选了一位年轻的市劳动模范，商量要当马桂宁的徒弟，还要举行个仪式和设立标准。马桂宁说："当我的徒弟有三条标准：一是思想上要有进取心；二是业务上要有上进心；三是能吃苦。"就在 6 月 8 日我们大部分团员离开青岛的那天，马桂宁又多了个徒弟。

当杜贤东讲到他驾驶着东风车，任务已完成到 2007 年时，掌声足足有一分钟。他在讲到自己的身世，被下放到新疆阿克苏最偏僻的农场改造时，不知何因，下面也响起了掌声，我感到诧异。杜师傅善用排比句，他说："这么多年，无论是行驶在繁华的乌鲁木齐，还是行驶在茫茫的大沙漠；无论行驶在吐尔基斯卡特口岸，还是行驶在广阔的农村，我都风雨无阻、日夜兼程，满载着货物，为兵团服务。"这一段，掌声最热烈。看得出，人们对劳模的奉献精神是多么钦佩。正如一位干部说的，劳模的先进事迹和崇高品德，深深打动了人的心灵。

这次报告团的名单上，第一位就是吉林化纤厂的厂长付万才。他是在 1000 多名劳模中选出的 38 位全国巡回报告人之一，又是在首都首场报告的四人中第一位。5 月 17 日，北京 2000 多名干部在人民大会堂聆听了他的报告，反响热烈。他在讲话中说："现在老百姓最反对的是领导干部以权谋私，我要用真理和人格的力量实践自己不贪不占、为人民服务的诺言。我在工作中信奉'雁飞十丈也留影，墙打三尺也透风'的真理。"他是这么说的，也是这样做的。在他讲完后，许多人都竖起拇指称赞。

在内蒙古，我作为劳模的见证人，讲了他的三件事。一是决策超前，二是治厂从严，三是为政清廉。第二场本来不用我讲了，因为七位劳模的事迹每场讲四位。乌云其木格是时任内蒙古自治区的副主席，她和团里江家福团长商量后，决定让我下午又一次登上讲台讲付万才的事迹。

在山西，当讲到付万才当厂长后关心职工，曾三番五次地看望一位患尿毒症的女工，这女工临死前把遗嘱当面交给了他，在场的医生说有两个没见过，一是几千人大厂厂长看望普通工人没见过，二是职工死前最大的愿望是见厂长一面没见过；而付万才的妻子身患绝症，在她离开人世时，付万才正在工地和工人一道会战……这时，许多人热泪夺眶而出，在台上清楚地见到他们从兜里掏手绢。这是情的交融，心的沟通。

在晚饭时，江家福同志走到我面前，为我倒了一杯酒说："你把我讲哭了，我也是苦出身，听了付厂长的事迹我感动了。"把酒喝下去。在河北，我刚讲完付厂长的事，台下一位中年女同志跑过来对我

说："你边讲我边流泪，我也有糖尿病，请把这张药方交给付厂长。"郑州市的市委书记张纯广，在我讲了付厂长的事迹后问："哪位是付厂长代讲人？"江家福团长把我引到他面前，他双手握着我的右手，激

参观工厂

动地说："我们党的干部有好的，像孔繁森、付万才这样就是好的，过去，我们对他们宣传得太少了。我们的干部也有腐败的，那是少数。谢谢你，小同志！"

山东泰安酒厂厂长张守礼，也是全国劳模。这位 64 岁的厂长，听了付万才的事迹感动了，他私下对我说："我要见一见你们厂长，你有机会把他领来，我要陪他爬泰山……"有的人对在下面调查情况的江家福的秘书马文喜说："如果我们的厂长经理都像付万才那样，何愁国有企业搞不好？如果我们的领导干部都像付万才那样，何愁党风不能端正？"济南市大观园商场营业员张秀玲说："能亲自听一听劳模的典型发言，对我来说是一次绝好的学习机会，每位劳模都是凭自己的智慧和汗水脚踏实地干出来的，不是吹出来的，叫人口服心服。"

我们乘坐的车因前面挂有"劳模光荣"四个字，过路的群众投来崇敬的目光，两个小伙子对着行驶的车大声喊："劳模，好样的！"在郑州，安徽的陈道翼手表坏了。修表时，修表工听口音后问："师傅是外地的吧？"他说，是参加劳模报告团来的。听罢，那位修表工修完表硬是不要钱。结果，陈道翼硬丢下 5 元钱。他在一个鞋店看中了一双鞋，老板认出是报告团的成员，因电视新闻报道过，硬是给优惠 60元，她说："劳模不容易，我不能赚咱劳模的钱。"

他们也是凡人

这次赴五省、自治区的另一收获是让劳模大开眼界。劳模大多来自基层或一线，有的是偏远的地区。其中四川甘孜雀儿山养路班的陈德华和新疆阿克苏的杜贤东没坐过火车、没见过大海、没坐过飞机。这次报告会之余，团领导听取各地的工作汇报，其他成员进行参观、学习和考察。

在山西，他们来到太钢，全国著名劳模李双良早已在招待所门口等候，这位世界著名的治渣专家，现已 72 岁高龄的李双良同志与每个团员握手。在会议室，李双良示意服务员把切好的西瓜分到每个成员手中。在李双良的带领下，劳模们参观了李双良治渣后修建的公园、学校和治渣车间。在展览室见到了国家领导接见李双良的照片和

作者谢立仁与全国劳模陈德华合影

治渣模型。杜贤东师傅第一个提出和李双良照张相，接着每位成员都和李双良同志合影。

在河北，西柏坡——中国革命的最后一个司令部，也是被人称为"世界上最小的司令部打了一个世界上最大的战役"的地方。在西柏坡，革命先辈指挥了淮海、平津、辽沈三大战役，召开了党的七届二中全会。代表们来到西柏坡，参观了毛主席、刘少奇、朱德等在西柏坡的旧址，对在艰苦的条件下，我军取得的伟大胜利赞叹不已。对

全国劳模先进事迹报告团在西柏坡参观合影

"务必保持谦虚、谨慎、戒骄戒躁的作风，务必保持艰苦奋斗的作风"这两句语录，铭刻在心。劳模们在这里看到七届二中全会的珍贵的摄像片，它把历史真实地记录下来。一台摄像机录制的镜头中有当时领导进入会场的真实情境。讲解员说，一般的客人给放的都是复制品，只有劳模才破例的，听罢，大家都笑了。

别看在劳动和工作中劳模是行家里手，一到舞场，大多数都外行。在郑州，特意安排一场舞会，姑娘们请劳模们跳三四步，劳模们却望而生畏，不敢下舞池。冷了半天场，青海的鄂福宗一曲《说句心里话》才使劳模们突围，小鄂底气足，嗓音亮，人们说有歌唱家的天赋。接着，陈德华的《在北京的金山上》《北京有个金太阳》两首用藏语表达的歌曲为晚会添彩。晚会结束，杜贤东却睡不实，他说："真白活了，连个舞都不会跳，一个歌也不会唱。"人家唱《达坂城的姑娘》，他只会手舞足蹈，逗得大家捧腹大笑。

1995年劳模事迹报告团
作者和焦裕禄的大女儿焦守凤合影

在古城开封，团员们走进包公祠、大相国祠，在包公的塑像前留影，对包公秉公办事、刚直不阿的精神给予高度敬仰。不知谁听说焦裕禄的女儿焦守凤在开封，便提出要见一见这位好榜样县委书记的女儿。开封市总工会的领导说，焦守凤就在开封市总工会工作，任财贸工会副主任。见到了焦守凤，劳模们和她问长问短。这位焦守凤，看上去很朴实，黑里透红的脸庞，既和蔼又可亲，劳模们纷纷和焦守凤合影留念……

劳模们赶到曲阜时，正值阴历五月初五，天上下起了雨，当地工会的同志说这里已有好多天滴雨不见，劳模来了，久旱见甘霖。劳模们冒雨参观了孔林、孔庙、孔府，又来到六艺城参观，对中国的人文地理有了更深刻的了解。

人说，山东是"一山、一水、一圣人"，山是泰山，水是趵突泉，圣人是孔夫子。在山东，劳模们不仅登上泰山，在趵突泉也留下足迹，劳模们感叹"外面的世界真精彩"。劳模们来到著名的崂山风景区，喝一口甘洌清凉的崂山矿泉水；走进上清殿，听道长讲一讲风土人情，历史古迹；跨进青岛啤酒厂的大门，喝上刚从流水线流下来的新鲜啤酒，果真沁人心脾。陈道翼院长对我说，他每天都喝一瓶啤酒，这么好的啤酒还是头一次喝。啤酒厂工会王主席一面劝劳模喝啤酒，一面风趣地说："你们比外宾待遇高。"劳模们一怔，他接着说："外宾也喝不到这么新鲜的啤酒，白酒是陈年佳酿的好，啤酒是新鲜的好。"

当汽车在华北制药厂停下时，这家亚洲最大药厂的领导早在门口迎接。在药厂，劳模参观了80年代先进的制药生产线，坐上电梯上到十层，鸟瞰石家庄全貌，心旷神怡。

海滨城市青岛给劳模留下的印象尤为深刻，在青岛港，劳模们坐上"港燕"号快艇，听工作人员

1995年劳模事迹报告团在山东

讲，这支快艇是一位党和国家领导人视察青岛时坐过的，不禁升出一种满足感。在黄岛，劳模们在前湾区见到我国最大的输油管路，见到当年党和国家领导人视察海军时乘坐的110号巡洋舰……有人问藏族同胞陈德华对青岛有何印象，他风趣地说："我不想回去了。"6月8日是分散赴各自住地的日子，早晨吃饭，唯独不见鄂福宗和杜贤东两人，等了一刻钟，他们才匆匆忙忙赶回住地。原来，他们一大早就去观海潮了，每人手中还握着两个水瓶子，鄂福宗说："要把海水带回一瓶，

和全国劳模在一起

回家向 4 岁的女儿讲，爸爸见到了大海。"

临别前，陈德华和他的代讲人学员为表达对全总的感激之情，给江家福副主任、全国财贸工会张绍先主席和两名工作人员献上洁白的哈达。此时，我们的眼睛湿润了……

劳模真的可爱。

和他们分别后，我和其中的几位也没有断来往。1998 年的春节，新疆的那位劳模打来电话，告诉我他回到兵团后，不让他开车了，当上了车队长。但这个人天生干活的命，队长他不喜欢干，可能是他摆弄方向盘是一流的，而管理人则是三流的。他后来辞职不干，办了退休手续，做起了出租车的司机。海南的劳模在 1999 年春天因病在家休息，她说是骨质增生，生活已经很难自理了。从电话中听得出她的生活是艰难的……安徽的医生劳模，他在 1999 年初告诉我他现在当顾问了，半天一班，我请他在春暖花开后到吉林玩一玩，他欣然同意了。而最辉煌的是上海的劳模，他不仅是第八届全国人大代表，也当选上了第九届全国人大代表。其他的如藏族的朋友，由于电话不通无法联系。而在有联系的劳模中他们几乎共同的问候是：付万才的身体怎样？现在还好吗？并叫我转达对付万才的问候。可见，付万才的事迹在劳模中深深地扎下了根。

新中国成立 50 周年的荣耀

付万才一生中最荣耀的时候是 1999 年，那一年，作为全国劳模代表，他光荣地出席新中国成立 50 周年的庆典活动，作为他的秘书，我有幸参加部分庆祝活动，说起来我也小自豪。

那是中华人民共和国半百生日，五年一小庆，十年一大庆，正逢大庆。劳模代表9月24日便到达北京，我们住在职工之家宾馆，9月25日，时任纺织工业局局长杜钰洲邀请付万才吃饭，付万才并没有答应，晚上，我接到杜局长秘书夏令敏电话，让我转告付

付万才与欧亚商都董事长曹和平（右一）

万才，杜局长请他吃自助餐。我跟付万才说："这顿饭必须去了，杜局长生气了。"付万才不是这么想的，他说："工业局刚刚成立，很困难，咱们不添麻烦了。"见到他的态度，我追加一句话："人家饭店都订好了。"付万才见我这么说，才勉强同意。

那天，还发生一件事，一位中央领导要接见劳模代表，会议要求统一穿西装，付万才平时没有穿过，他告诉我他唯一一次出国，宴会要求统一穿西装，付万才竟以有事为由，不参加宴会，结果没有批准。他就成了唯一不穿西服的中国代表。他告诉我参加宴会的老外基本上都没穿西服。这次我对付万才说："咱们就穿一次，接见后脱了行吗？"他妥协了。付万才第一次穿西服，显得很精神，见到他的人都夸奖，接受接见后就没换衣服。

杜局长不仅是请付万才一人，全国纺织行业的代表他都请了，另外两位，一位是辽宁省熊岳印染厂的，另一位女代表是湖北纺织代表。还在国家纺织工业局门口照了相，国家纺织工业局副局长许坤元、王天凯也都在呢。

回到住处，接到中华人民共和国成立50周年劳模代表观礼活动手册，日程排得满满的。观看大型文艺晚会《祖国颂》，劳模座谈会，参观中央电视塔，观看阅兵式及首都各界庆祝中华人民共和国成立50周年联欢晚会，还有游园活动。其中10月1日晚上刚刚吃完饭，天上就开始电闪雷鸣，出发时阴云笼罩，一会儿便下起了小雨，我在住地担

新中国成立50周年的荣耀

1999 年新中国成立 50 周年大庆游园

心付万才被雨淋，工作人员告诉我，都带有伞呢。不一会儿雨下大了，伴随着一阵阵风，我知道付万才穿得不多，真怕他冻着。这时，大巴车开回来了，他下了车风趣地告诉我，被雨淋回来了。

10 月 2 日上午是去劳动人民文化宫游园，付万才请示会务组，让我代表他参加，会务组破天荒地同意了，因为会议通知上写着各种证件不能转借他人，会务组给我发个"工作人员"证件。随着劳模队伍进入劳动人民文化宫，我们每人一个小板凳，坐好似乎一直在等什么人，后来会务组通知可以活动下。我上身一抬起，见到前排那个人眼熟，想起了，那不是浙江省万向集团董事长鲁冠球嘛！他的大脑门很秃，也很亮，一看就知道是智慧脑瓜，"光明大道不长草，聪明脑袋不长毛"。这时他正在瞅着我笑，就像邂逅了老朋友似的，我无拘束地和他打招呼，他知道付万才，说："是吉林省的吧，老付了不起。"我要和他拍照，他欣然接受。接下来就是观看节目表演。

那一次，见证付万才荣耀的还有时任中国纺织报副社长兼摄像记者徐国营，作为采访劳模的记者，他参加了劳模登上天安门城楼的活动。见到付万才神采奕奕，手扶栏杆，远望人民英雄纪念碑和天安门广场的情景，他端起照相机不断按下快门，他看了看镜头后视镜，总觉得有更好的角度反映付万才神态，便越过栏杆，值勤战士上前阻拦，他做了一个"对不起"的手势，战士无奈，由他去了。这次他拍的照片留下了许多宝贵的镜头，成为付万才的珍贵资料。

最好的告别

    2002 年 3 月 28 日，我陪付万才参加吉林市公交工委企业思想政治工作座谈会，车已经驶向吉林市，我突然接到文书小常的电话，电话里说市公交工委高书记已经在企业办公室，有急事找付万才。市委朱书记找付万才谈话，下午召开中层干部会议，推荐总经理，人选大家心里都有谱，刚刚上任的副总经理王进军有希望。果然不出所料，4 月 2 日下午，吉林市委副书记房俐来公司，宣布了市委这个决定。

    事情过去三个月，有一天付万才告诉我，经组织研究让他退休，那年付万才 66 岁。我有点费解，因为自从付万才生病，就有消息传来，说付万才作为吉林市人民政府顾问，可以终身制，也有消息说，让他治病最好的一剂良药是终生工作。那时候，我正在做一件事，就是跟随市纪委副书记王治国跑中国电视剧制作中心，筹划拍摄电视剧《付万才》，这个事是中共中央组织部一位局长牵头，与电视剧制作中心的编辑已经接洽了几次，他们选择著名作家张笑天写剧本，张笑天也来企业体验生活，经费由电视剧制作中心申请。宣传付万才时，由吉林市话剧团排演的话剧《付万才》，得到好评。而电视剧在最后一公里，产生不同的意见，中国电视剧制作中心认为活着的典型，事迹是真的，但是人物的名字不能用实名，

付万才在办公室

而我们认为,既然拍摄电视剧,就要用真实的名字。中国电视剧制作中心编辑退一步,用实名要中央组织部批准,这样就拖了一段时间。

听到组织决定付万才退休,我和秘书处长路凤成草拟了一份关于他退休后的事情,包括看病、用车等,下午送到市人民政府,不到半个小时,批复同意。第二天是周末,在公司文化宫召开全体干部大会,会上市委副书记宣读付万才退休的文件。付万才做了告别讲话,这个讲话是他自己写的,写的是一个提纲,他讲得很客观,对于自己的成绩是这样陈述的,他说:"作为党培养的干部,我尽力了,也完成了党交给的任务。"最后他祝吉林化纤会更好。

这让我想起一个月前,我接到吉林市委书记秘书小郭电话,他说收到我给朱书记的一篇文章,书记约我下午谈谈。那是我去温州开会时的所见所闻,加上对吉林市改革开放的建议,因为朱书记也是第八届全国人大代表,我每年陪付万才赴京开会,在会后都可以见到朱书记,那时候他的职务是吉林省工会主席。我找付万才,文书小常说下车间了,我和党委副书记老楚告个假,在小车队要个车,直奔市委,朱书记大高个子,笑容可掬地接见了我,他开门见山地说,稿子他批示给江城日报社了。话锋一转,问我对两个人的印象,我估计是接班人问题,在这方面我还是拎得清,我客观地评价了两位领导,不敢误导领导的决策。回来后我如实地向付万才汇报,结果挨了批评,他说以后任何稿子上报,都要通过党委,我那个稿子只代表个人观点,文责自负。后来朱书记问我谁接班合适,我模棱两可,没表态。

付万才退休,留下一本记事本,小常翻给我看,一笔笔记录着付万才交到办公室的礼物,凡是有人送他礼物,他推不掉的,都在办公室记录在案。企业宣传活动和对付万才本人的宣传,没有花过一分钱,这个工作他一直让我把关,他说:"如果是免费宣传活动可以接待,否则一律谢绝。"那天,能够容纳2000人的文化宫座无虚席,付万才告别讲话,不时传来掌声,这掌声是对一个优秀党员领导干部的肯定,也诠释了他的光辉一生,是对他最好的告别。

人过留名　雁过留声

　　2004年1月8日，我在广东省虎门镇，虎门的夜晚灯火通明，如同白昼。那天，我睡得很早，迷迷糊糊睡着了。每天睡觉前给手机充电是习惯，一般情况下第二天九点喝早茶开机，因为睡得早，翌日七点起床就把手机打开了。手机电话铃声响起，几乎与开机同步，电话是吉林化纤集团驻京办李主任打的，电话中告诉我："回来吧，老板在北京去世了。"我刚要问怎么回事，手机发出嗡嗡声，那边挂了。我愣了好半天，有些突然，出差前原纺织工业部部长吴文英打电话给我，要请付万才吃饭。我约付万才女儿，她说过几天吧。记得付万才生病是在2000年夏季，他一直嗓子哑，在公司医院打吊针，两个礼拜也没见效，到北京检查后就杳无音讯。8月我参加一个会议，遇到中共中央组织部一位处长，他以为我知道付万才病情，就说走了嘴，我才得知付万才患了肝癌，一下子家被雷劈了一样，泪如泉涌，哭到哽咽。后来，经过治疗，他回去养病，我成了联络员，企业一天需要请示的问题，我和文书小常整理，下午3点左右我去付万才家当面汇报，他逐一进行批示，第二天由我向班子成员汇报，后来他体力刚一恢复，便上了班。

　　他在1984年乍暖还寒季节任企业主要领导，十几年如一日，每天早晨天一亮便出现在厂区，一边走一边看，走到调度中心，差不多七点，准时召开生产调度会。调度会上由当班的调度介绍生产情况，提出发现的问题，各单位、车间涉及的主动说话，最后付万才总结。每周一，中层干部调度会，雷打不动。正是如此，吉林化纤产品质量一直名列同行前列。

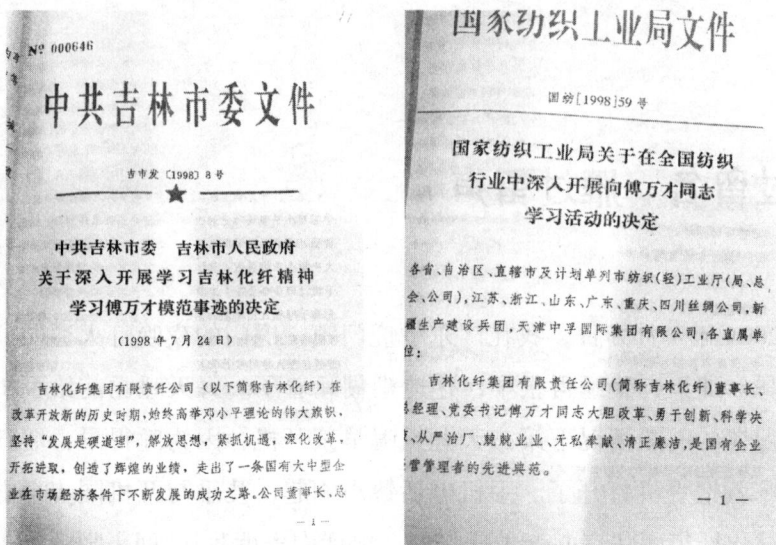

吉林市和国家纺织工业局开展向付万才同志学习的文件

2002年7月的一个周五，公司召开职工大会，宣布付万才同志退休。退休后我不想在吉林干了，找新任老总王进军汇报，他同意我到北京打工。

听说付万才去世，我立刻查机票，当天从深圳飞北京航班最早是10点多，而正常情况，虎门到深圳半个小时车程，我打电话给虎门服装协会副秘书长阿福，他还没开手机，于是就出门打车，司机见我急得团团转，趁火打劫，应该百元车费，愣要200元。我应诺，这个时候无心还价，要300元都给。在北京医院，我找到企业几个同事，他们有的是出差途经北京，得到消息赶到，也有的是和我一样，当天抵达。见到吉林化纤驻京办主任李明宇，他告诉我，吴文英部长正巧在北京医院看病遇到，她第一句话是快找谢秘。我找到付万才小女儿婉丽问情况。婉丽告诉我1月18日早晨付万才自己洗了个热水澡，这个习惯我知道，出差在外，他往往都是早晨洗澡，他爱干净，衣服总是一尘不染，他女儿给他买10件同样款式和颜色的衬衣，他一天一换，许多人都说付万才一件衫衣穿一年，其实不然。他在家也是天天洗澡，虽然60多岁，却极爱干净。婉丽说洗澡后付万才看了电视新闻联播，正巧播放吉林市商业百货公司失火的新闻，付万才指指电视对婉丽说："知道这个地方。"婉丽看付万才有些倦意，便让他躺在床上，盖上被子，把点滴扎上。有一段时间医院开了药，可在家治疗。

东北有一句俗语"女儿是爸爸妈妈的小棉袄"，他的女儿真是小棉袄，与付万才相濡以沫的爱人在他任厂长翌年去世，那个时候大女儿高中、二女儿初中，付万才又当爹又当娘，供两个女儿上大学。两个女儿学有所成后，老大留在北京，老二在长春。二女儿婉丽心细如发，她周五晚上从长春市回家，在超市买好菜，回家后分门别类地整理出来，再制成半成品，茄子切成小段铺在盘里，上面用塑料薄膜封好，西红柿切成块，精肉、鸡蛋，应有尽有，她听说糖尿病患者吃苦瓜好，就把苦瓜切成丝，用热水浸泡后再装盘。付万才家冰柜冷藏保存足足十天的菜，她为付万才设计一周的食谱，打好字贴在冰柜旁边的醒目位置，下班后付万才按食谱炒菜。这个习惯坚持十几年，她一回家，家里的洗衣机便转起来。2000年，他搬到120平方米的房子，干净整洁，让人啧啧称赞。在北京看病期间，婉丽一直不离左右。

快到晚饭时间，婉丽看了看点滴不滴了，她动一动点滴管，还是不滴，她有些紧张，摸摸鼻孔，没气了，这才打120。

也巧，接付万才班的董事长王进军出国考察，在北京办签证，这天想要临行前去看看老董事长，和王董事长一行还有两人，他们正好赶到，帮着婉丽安排后事。后来吉林市国资委高书记，还有吉林省委也来人了。中共中央组织部机关事务局党委书记杨进福1999年调研付万才同志事迹时任组长，一直和我们有联系，中共中央组织部他协调，赵洪祝副部长参加。原中共中央组织部部长张全景是学习付万才的提倡者，1998年，东北大地正值苞米吐穗时节，张全景来到吉林化纤集团，陪他到吉林化纤集团考察的还有吉林省委组织部部长杜学芳，付万才陪他参观了生产车间，他惊喜地看到当时在热议的"国有企业是否能够搞好"的答案，参观后他肯定地说："国有企业不仅能够搞好，而且能够搞得很好，吉林化纤就是例证。不看不知道，一看真奇妙。"

时任吉林省省长洪虎（左二）在吉林化纤视察

他回京向党和国家领导人汇报后，在东北大地冰雪覆盖的第二年初，调研组进驻吉林化纤集团，与以往不同的是，国家主要媒体一起来到吉林市，随着宣传活动的深入，付万才的形象出现在大众面前。有一次，我陪他去北京开会，在一个叫远望楼的宾馆，电梯里五个陌生人，但是其中两位一眼就认出了付万才，其中一个说："昨晚上中央台新闻联播的就是您吧？"此后不久，我陪付万才出差到长春开会，到了吃饭时间，司机师傅仍然不声不响把车停在"百菊饭店"，老板娘仍然笑容可掬，付万才仍告诫我，花钱的菜不能浪费，我仍然吃得小肚溜鼓溜鼓，可是当他从兜里掏出钱递给老板娘时却遭拒，老板娘脸上挂着得意的神情说："董事长可借您光了，前几天来了几个扛'长枪大炮'的记者，在我们店一个劲照相，还问我您是不是吃饭从来没有开票，中央电视台都播了，俺们成名人了，今天俺请。"

付万才去世后，在北京医院，我见到原中国纺织工业部部长吴文英，一握住她的手，泪水情不自禁地喷涌而出，哽咽说不出话来。

付万才任吉林化纤厂厂长时，王忠禹任吉林造纸厂厂长，而且这两个企业都是吉林市属企业，他们经常在多种会议上见面，后来王忠禹同志调任省长又进京先后任国家经贸委员会主任、全国政协副主席，付万才当选第八届全国人大代表，在会上和王忠禹见面，我通知了王忠禹副主席。另外，付万才曾参加 1995 年全国劳模事迹报告团，团长是国家民族事务委员会副主任江家福，他的秘书告诉我江副主任在非洲，送来一个花圈。向付万才遗体告别的有全国政协副主席王忠禹、中共中央组织部副部长赵洪祝、中共吉林省委书记王云坤、吉林省省长洪虎、中国纺织工业协会会长杜钰洲、副会长许坤元等。

让我感动的是付万才遗体火化后，骨灰盒送回吉林市的场景。那是寒冷的冬季，正值腊月，东北有一句话"腊七腊八冻掉下巴"，那天晚上从北京出发，越走越冷，雪越来越大，早上八点多车驶下高速路，在冰雪路面中拐了几弯，赶到吉林市火葬场，映入眼帘的是上千名职工戴着白花，整齐地排列，伫立在路边，在凛冽寒风中为付万才送行。从队伍中传来一阵阵哭声，他们一大早就赶来，守候在这里，送敬爱的老董事长最后一程。许多人棉帽子边挂着呵气结的霜，鼻子冻得通红，他们全然不顾，眼光一直默默地跟随付万才的骨灰盒。凝重的脸上写满对付万才的爱，写满为失去一个优秀共产党员的沉痛，悼念自己亲人，缅怀他为吉林化纤所做的一切。

在付万才去世后的一段时间里，我一直难以接受这个事实，总是觉得他不会离开，魂牵梦萦地想，总是念念不忘，有次出差在飞机上发一份报纸《生命时报》，看到有关医学权威机构发布的消息，中国人寿命男性平均 73 岁，女性 76 岁，看到这里，我又想起付万才，他去世时才 69 岁，还不到平均寿命呢！

2005 年 6 月，婉丽打来电话，想要在当年阴历七月十五把付万才和他妻子合葬。付万才 1936 年 10 月 13 日生于吉林省长春市郊区，很小就失去母亲，是在姐姐家长大的。付万才很少说自己的过去，1998年 8 月，吉林化纤股票在深圳上市，企业要出席上市仪式。我送他们一行从吉林去长春机场，那是焦渴难耐的大暑天，也是东北的鲜瓜上市开张季，前面有个瓜棚，付万才示意停车，我和司机会意地笑

付万才接受记者采访

了，可以吃到瓜了，真乃久旱逢甘露。我们三台车九个人下车，我抢上去挑瓜，挑了几个大个的，往秤上放，付万才逐一用手轻轻拍打几下秤上面的瓜，听听声音，再用手轻轻摁一下瓜尾，还把瓜尾部放在鼻孔下面闻一闻，把我挑的瓜全部都给否定了。他娴熟地从卖瓜的筐中挑选出来一大堆瓜，称好后我掰成两半，甩掉西瓜子分给大家。大家都说从来没吃过这么甜的鲜瓜，我心想这是不是有拍马屁嫌疑，可是那瓜一入口我也否定了自己的判断，那叫一个香甜，原来还有这么甜的瓜，添补我的味觉空白。这时候卖瓜的老汉说话了，他冲着付万才说："就那么几个瓜最熟，都被你挑去了。"上了车我好奇地问付万才："老板，您怎么挑选的呢？""我在瓜地里长大的。"他回答我说。后来，见过他外甥，和他年龄相差不大，他外甥告诉我，付万才从小在苦难中成长，夏天放学常常睡在瓜棚。他曾说过，他是靠政府的奖学金上的大学。

合葬之事落定，婉丽问我碑文怎么写，我想了一想，草拟一份，写道："六十八载风雨路，沧桑岁月始见金。积劳成疾为民死，化纤伟业史留名。"在他安葬后的每年清明节前，我都要和住在北京的婉丽相约回吉林给付万才扫墓。2009年的清明节，有个会脱不开身，我回到吉林已经过了清明。我照例赶到公墓，却发现付万才的墓地前摆放着鲜花一束，还有两个花篮，我知道，付万才就两个女儿，还有一个在国外，我手机拍照发给婉丽，她在电话里说，有一个花篮是她献上的，那就是还有其他人也来献花。2013年清明节，我冒着雪来到公墓，这次我伫立良久，往东望去，透过漫天飞舞着的雪花，松花江碧波荡漾，呈S状流向远方，经过哈尔滨汇入大海，依稀可见吉林化纤集团的排烟塔，七个等高又错落有致，矗立在松花江畔。梅雪争春更显示希望所在，我深深地鞠了一躬，对着付万才墓默默地说："这是对您多年教导的感谢，"又鞠了一躬，"这个是代表员工感谢您的，许多相似企业倒闭了，在您领导下我们的企业却脱颖而出，职工过上了好日子，忘不了您。"再鞠一躬，为我自己，"董事长，我已经60岁了，退休了，以后不一定及时来看您，您多保重。"这句话动了我的情感神经，说完已经泪水涟涟。2016 年 10 月，我和原中共中央组织部机关事务局党委书记杨进福、原国家发改委副司长张莉又来到付万才墓前，他们都是付万才的老朋友，执意要求看看付万才，陪同的还有现任吉林化纤集团董事长宋德武，是付万才在任时的车间主任，他向付万才汇报说："15 年过去了，吉林化纤一直在发展，还是振兴东北老工业基地中的典范。"离开墓地，我一步一回头，想起他说过的话，党的事业如接力棒，一棒一棒往下传。我相信，吉林化纤的接棒人一定会传承付万才的思想，在经济发展的跑道上疾奔远方……

和劳模在一起后续

树叶绿了又黄了。与劳模相聚在 1995 年，20 多年过去了，他们可安好？劳模事迹报告团成员现在都干什么呢？巧了，由于我在北京工作的性质是协会，要常常出差，为与昔日劳模联系提供了方便，下面便把我的所见所闻记录下来。

付万才在北京人民大会堂首场劳模事迹报告后，请假离开报告团，作为他的代讲人，我参加报告团华东五省报告，我是讲得最多的一个人，共 10 场报告，我讲 9 场。我们的领队江家福，时任中央民族事务委员会副主任，我 2002 年到北京时，联系他秘书马文喜，马文喜在 2002 年已任中央民族事务委员会教育司副司长，他告诉我江主任在出差。2004 年付万才去世，我把噩耗转告马文喜，他第一时间告诉远在非洲考察的江家福，江家福令办公厅代表他发了唁电。后来马文喜调到中央民族大学任党委副书记，我们一直有联系，并在2009 年冬季，应届毕业生就业前，请我到中央民族大学做讲座。在

1995 年劳模事迹报告团在内蒙古

中央民族大学阶梯教室，容纳 500 多人，主要内容是如何创业。我讲述从 48 岁闯荡北京，从一个陌生的行业做起，如何勤劳勤奋，怎样面对困难，也讲到我是付万才秘书，受一个优秀共产党员的影响和教育，以及阐述事在人为的道理，我讲了两个小时，会场不时地爆发热烈的掌声。当场收到十几个大学生写的纸条，我一一回复。讲座两年后，仍与个别的大学生保持有联系，其中有一个福建籍的大学毕业生工作还是我帮介绍的。到了 2005 年江家福退休，他又担任第十届全国政协常委。有家竹纤维毛巾企业在上海召开新闻发布会，我请江家福参加，他爽快答应邀出席，一点架子都没有。那天，他和代言人——在中央电视台春节联欢晚会唱《常回家看看》的陈红，一齐参观了竹纤维产品，对新产品给予了高度评价。后来我知江家福每周爬一次香山锻炼身体，我还约他一起爬山，他身体健康，甚至洗凉水澡。

纺织行业每年都在上海举办纺织服装博览会，我曾两次去上海第一百货商店找劳模马桂宁。第一次是 2007 年春季，他名气仍然很大，在百货商场五楼有个醒目标语"劳模马桂宁专柜"，他 70 岁了，仍然在带徒弟，不巧那次他出国了，我找到了他电话。2008 年夏季，河北省清河县是中国羊绒名城，他们要举办营销培训班，我邀请马桂宁，他按时赴约，讲了如何察言观色做好营销的经验，还讲了一位国家领导人买了他铅笔的故事。他如今不坐班，带带徒弟，出席下座谈会，还是老样子，对任何人都面带谦虚的微笑。

2010 年，我有机会去青海省西宁市出差，青海省的劳模鄂福宗一直挂在我心上，但是 15 年过去了，杳无音信，怎么找呢？我求助马文喜，他有办法，因为鄂福宗侄子在他们学校读书，我事先与鄂福宗通话，得知他走上副局长的岗位，听到我声音，他很兴奋，问这问那，还问付万才身体好吗？我告诉他付万才去世了，他沉默良久，说可惜可惜了。在西宁市，他和他妻子一起来宾馆看望我，还带了一些土特产，搞得我挺不好意思。他说，我是他劳模事迹报告团分别后见到的第一个团员，他介绍了工作情况和家庭情况。他嘛，心直口快，刚正不阿，在查漏税偷税时，公正执法，有些人说他不入流，他妻子说他吃亏了，他反驳说，这个秉性改不了。我给他点个赞，如果和别人一样，他就不是劳模了。第二天，他坚持要送我去机场，临别时我发现在我心中的硬汉鄂福宗，告别时眼睛红红的。

当年劳模事迹报告团成员、安徽省望江县中医院院长陈道翼我常见，因为望江县是中国纺织基地之一，又是全国纺织产业转移试点园区，每次去我都打听陈道翼的情况，他在县城的知名度很高，上到县委书记下到老百姓都晓得，我还专门去看过他两次。如今81岁的陈道翼仙风道骨般，腰没弯，精神状态良好，他离开院长岗位，专门给他设立专家门诊，前几年一天半日工作，现在是每周一三五半天。见到我往往是双手握着我不放，两眼瞅着我，问："付万才老总好吗？付万才答应我去吉林看他，我一定去的。"2011年我和他见面时，告诉他付万才因病医治无效，去世了，事隔四年，2015年见到他，他又问重复的话，第一句话仍是："你们老总付万才身体好吗？"可见他对付万才的感情。2016年，我去望江县办事，怕影响他工作，因为前两次他都把患者扔

办公中的付万才

一边，和我交谈，见到病人等他看病，我不好意思。我没告诉他，他在望江县电视新闻中看到我了，马上打电话给我，我告诉他已回北京，他仍然问："付总好吗？"

去年我去新疆阿克苏地区出差，找到当年新疆劳模杜贤东，热情得让人感动，2017年元旦，我收到来自阿克苏地区的快速，那是杜贤东的心意，阿克苏特产——冰糖心苹果。

和陈德华再次见面的时间有点早，在1999年，新中国成立50周年阅兵仪式上，我是"吃瓜群众"，在后排观看，蔚蓝色天空划过一道道彩虹，那是空军飞机表演留下的痕迹，我目不转睛地盯着。后背被谁戳了一下，猛然回头，一位身穿崭新藏袍、留着小胡子、戴礼帽的人，瞅着我微笑，这个人是劳模陈德华，海拔高度5000米左右的川藏公路的养路工人，一个半年才能下一次山与妻儿团聚一次的工作。1995年劳模事迹报告会，在青岛市第一次见到大海，在山东第一次见到广袤无垠的旷野，他的心被祖国壮丽的景色、秀丽的风景吸引，不能自拔。他平时不怎么吱声，只能用汉语简单地表述，他的事迹也是一个叫那英的藏族小伙子代讲的，那英是公路局工会的，那英汉语在当地还算可以，与内地仍然有差距。陈德华是应邀参加国庆观礼的四川省劳模代表，在人民日报上看过他的事迹，他也是中组部表彰的共产党员标兵。见到我，陈德华很兴奋，不太熟练的汉语加肢体语言，我能感觉到他的心情，他说要知道能见到，雪莲花就带上了。那是1995年分别时，他喝高了，搂着我脖子一个劲地表现，趴在我耳边说，他那里有雪莲花。我过去曾经在中药房干过3年司药，我知道雪莲花清热解毒，消肿止痛，对风湿性关节炎有特效，很难得的中药，一般来说在海拔2900米左右冰山上才有，新疆天山就有此药。他说完我就忘了，没有想到他老话重提，我告诉他，有机会去他雀儿山川藏公路去取，他信以为真问："真的？真的能去？"我肯定地点头，见此，他笑了。

2002年到北京后，曾经向全国总工会的人打听我们劳模事迹报告团成员马卫东处长情况，对方惋惜地传递一个不幸的消息，她因病去世。按照年龄，她不比我大，唉！真是"黄泉路上无老少"。

遥远的相约

我和阿克苏市全国劳模杜贤东相识在 21 年前，杜贤东是正宗的全国劳模，我清楚记得，这个来自农一师的代表，他职业是司机，在广袤的新疆大地，多拉快跑为兵团创造效益。他长得人高马大的，说话像是背诗，口正腔圆，讲着地道的四川普通话。他很有听众缘，每一次演讲的精彩瞬间就会爆发掌声，尤其是他讲到，顶着太阳，背着月亮，啃着面包，塞着雪块，创造 100 万行程无事故，为兵团上交 21.4 万元，作为中国共产党党员向祖国和人民交出一份合格答卷的时候。他抑扬顿挫，高八度分贝，忽然煞车，会场寂静，鸦雀无声，几秒后，接着雷鸣般的掌声响起来，让人感到无比震撼，无比激动。

杜贤东的表现欲极强，我们行程 28 天，足迹 5 个省市自治区，每一次都是地方政府主要领导会见座谈，每一次宴请他都冲锋喝酒敬酒，还代团长中央民委副主任江家福喝酒，一扬脖杯见底，就没有看见他醉过，是我们 12 人报告团队的一个宝贝。在青岛市和时任市委书记俞正声座谈，本来没安排他发言，他突然站起来给大家朗读课文《周总理窗前灯光》，带着

作者谢立仁 2016 年在阿克苏见到劳模杜贤东

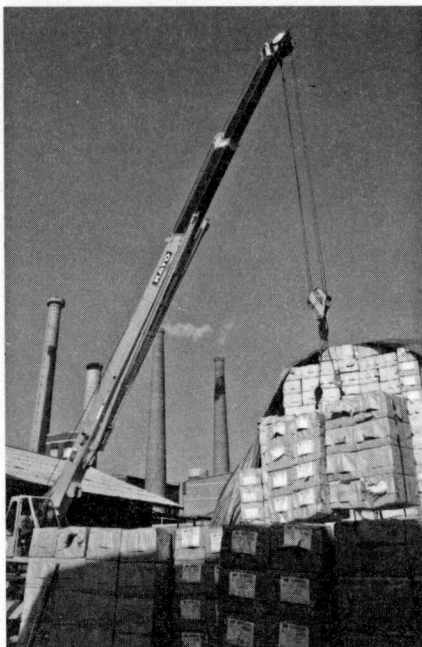

吉林化纤产品装车

深情，声情并茂，座谈会气氛升到高潮，可能因为效果，也可能对劳模代表的宽容，会见后团长还很大度地表扬他两句。

天下没有不散的筵席，分别时刻大家情深似海，恋恋不舍，他使劲往肚里灌酒，搂着我脖子说一定要到阿克苏农一师找他，我斩钉截铁地说："一定，一定。"那天晚上我们一个房间，洗澡时他脱下裤子，我发现腰上赘肉系着宽的腰带，他直接跳到洗澡池后才发现问题，爬上来慌忙解下，是个钱包带，里面是印有中国工商银行字样的皱巴巴的存折，还有一叠 10 元面值人民币。他家全部财产都是他随身携带，他在家中霸主地位可见一斑。

又过数年，在北京邂逅报告团长秘书马文喜，他提到在阿克苏地区考察遇上杜贤东，热情地开出租车拉他逛市区。

国家"一带一路"战略新疆成了产业结构调整的重点，我有机会到阿克苏，见杜贤东便摆在日程，我先是把电话打到出租车管理处，对方问他车牌号码？是哪家公司的车？是什么颜色？我语塞。再次询问对方的耐心不够，他说："全市 1200 名出租车司机，大海捞针呀。"仔细想想好像有点道理，我当秘书 12 年知道条条大道通罗马的道理，不到黄河不死心。于是，我查 114 农一师工会，接电话先是录音，交通出行请摁 1，酒店预订请摁 2，机票预订请摁 3，人工服务请摁 0。摁了 0，对方的录音是现在人工忙，请返回 # 号键。好在我有耐心，一直拨打电话号码，大有不到黄河不死心的劲儿，在 20 多次拨 0 键后传来甜美的声音："请问有什么帮助？"我问："农一师工会电话号码是多少？"对方告诉我一崩溃消息，电话没有登记，我准备应对措施第二套，马上说："农一师总机。"话务员给了一个号码，打了过去，空号，无法接通。我的心又受到了严重挫折，放弃寻找的念头一闪而过，自言自语地念叨："怎么就找不到了呢。"就在踏破铁鞋无觅处时，胖胖的服务员凑到我身边问我原因。听罢告诉我她工会有一个哥哥。拨通了电话，不仅知道杜贤东，而且知道他电话。

幸运之神降临，电话号码是真的。杜贤东做梦也想不到我在阿克苏出差，急迫见面的心情很强烈，我告诉他两个小时后我要到开发区开会，结果不到一个小时他就来电话了，说到宾馆大堂等了。相隔20多年后的第二次握手拥抱后，他左手拎着一箱沉甸甸的标有阿克苏冰糖心苹果的纸箱子，右手也是一个同样的箱子，背兜斜挎着，打开兜是一件件的他认为的宝贝，他一边往外掏一边介绍，兴奋之情溢于言表。兜里那厚厚的相册图片记录着21年前劳模报告巡回5个省市自治区的记忆，他如数家珍地讲述每一张照片背后的故事。他说分别后1998年53岁退休，市领导关心他让他开出租车，他挂起劳模出租车牌子，也是尽劳模社会责任，学生高考、节日免单，10年向社会捐赠5万多元。他掏出挂满12枚奖牌的西装上衣，这奖章诠释了他71年的人生道路。他指着人民日报在2015年新疆建区60周年时任政协主席俞正声接见的报道说："俞主席走到我面前，我大声说：'主席，20年前我在青岛和您握手，20年后在乌鲁木齐又一次握手，我幸福，我快乐。'俞主席驻足，仔细看看我胸卡，会心地笑了。"

杜贤东已经告别他的出租车8年，他是闲不下来的人，杜贤东常做些公益活动，如义务送报纸、替别人接小孩、代表街道慰问生病贫困户等，平时喜欢跳新疆舞蹈，找到个好舞伴，悠哉悠哉，乐哉乐哉……

走近色达

我曾与全国劳模陈德华有约，到甘孜藏族自治州雀儿山川藏公路看他，正巧谋划去色达就在甘孜州所在地，但是也在纠结，有点像去探险，临行时张主任一再追问："你女儿知道你去吗?"搞得我如赴战场似的。在网上浏览有关色达的消息，才知色达称为冒险家乐园，它的海拔在拉萨之上。临阵脱逃不是我性格，我硬着头皮拍胸脯说："放心，老汉虽过花甲，但曾经是国家级游泳救生员，肺活量没有问题。"为防不测，背地里还是偷偷摸摸口服"红景天"。

2016年3月28日，小汽车从成都市区出发，把汶川地震灾区甩在后面，一路向西，向西，开往阿坝藏族羌族自治州首府马尔康时，路边红军长征纪念馆映入我眼帘，同路人告诉我，那个土楼，红军曾在此聚集过。到了马尔康，路上行人不多，据说州所在地马尔康仅有5万人，依稀可见穿着藏服的老人步履蹒跚地前行，我们在一个叫澜峰的酒店住下。翌日再踏上征程，天空飘着小雨，街面一尘不染，从马尔康出发，路超越我的想象，沿着大渡河流域，在颠簸中行驶，会车时我下意识抓紧头上的把手，有点心脏要跳出来的感觉。路上指示牌显示距县城22公里，车左拐进入警察站岗的门槛，荷枪实弹的警察仔细检查后，车辆沿两山夹一坡路爬行。

我们直奔五明佛学院，传说中世界最大佛学院之一，事先了解了一些对它形形色色的报道，揭秘和解析是来意之一。蓦然，在明媚阳光的沐浴下，山坡上暗红色木房子鳞次栉比，见过紧密结合的，没有见过这么密密麻麻的，有点针插不进去，水泼不进去的感觉。据说80年代初开始陆陆续续有朝圣者在这扎下大本营，佛教从萌芽状态到井喷涌入阶段，修行者怀揣虔诚与梦想，在这海拔4200米的山上寻觅净土，来到便是永远。在佛学院举目望去，佛堂里一群年龄各异、胖瘦不同、性别难分的信徒，在朗朗上口的经书中净化心灵，空气中弥漫着浓浓的经书气息，回荡着经书的高分贝传入耳鼓。在3公里狭长的山间，没有打闹，不见争吵，秩序井然，震撼之情油然而生。据说修行的人四大皆空，习以为常。

工地一角

在色达培训中心，有240个学生，他们来自牧民家庭，风吹草低见牛羊的夏天要随父母放牧，到了秋天要转场，只有几个月是她们技能的培养时段。有个叫卓玛的女孩充当了我和老师的翻译，那个老师壮汉般模样，脸上写满了诚信，听说我从北京来惊喜不断，一直介绍他的作品，并且建议合影留念。我问小卓玛："学习后做什么？"她不假思索地说："自己开个店嘛！"从她的自信似乎看到色达人脱贫的希望。住的地方叫"瓦须大酒店"，藏语的瓦须色达是部落之意，服务员操半生不熟的汉语，第一句话告诫我："这里高原，走路要慢慢。"她主动给我提包，送到房间发现与内地不同的是床边有两瓶高原氧的产品，还有盒肌苷口服液。须臾，服务员敲开门，拎着满满的一袋氧气，见此，我心塞得满满的。我向服务员要个信封，她生硬地重复着点头，不一会儿她拎着一袋洗衣粉送给我，原来藏语洗衣粉谐音像是信封。同行的小尹是高原反应受害者，她嘴唇黑紫，告诉我心脏都要崩溃掉了，而在第二天早晨，大多数人都嚷着没有睡好觉，只有我猪一般地睡。天色朦胧便出去打探邮电局，为给同学陈卫邮明信片，打开手机，微信里大多是担心和问候。

接待我们的洛绒卓玛副书记是省民委下来挂职的，典型的藏族干

感谢万里之外的建设者

部，人很干练，她告诉我，色达年人均纯收入8250元，脱贫年人均纯收入达到3000元，全县5万多人口大多是少数民族，他们以放牧和虫草为收入来源。在色达县城，我是少数民族，司机告诉我县城8000多人，百分之九十是少数民族。随处可见穿着绛红色服饰的男女，他们步履悠闲，心无旁骛，专心致志地注视着前方，还有一步一磕头者，向往着远方，尘埃喧嚣抛在脑后，为修行而活。

同行的小钟生于斯长于斯，在色达度过少年时代，从与她的交流中了解到，她父亲是20世纪70年代大学毕业生，怀揣梦想，扎根在此，传道授业。他第一届初中毕业生仅有5人，坚持坚守岗位是大写人生的主旋律，试想，远离省城800多公里，进一次成都要辗转一周，回一趟他自贡老家先是骑马后是牛车，大巴车转绿皮火车，大约半个月，他的意志是怎样练成的？至今让我难以想象。青春融入这片贫瘠却神奇的土地，在高原为少数民族同胞奉献。她母亲因长时间下乡到牧民之中，染上当地不可逆转的包虫传染病，这种病是人畜饮水传染，至今仍然没有治疗的锦囊妙计，在十余年痛苦和治疗中，走向人生终点。听罢，我对她父母及所有牺牲自己并坚持为色达人民服务的志愿者，无以言状的膜拜。

想到全国劳模陈德华常年在高寒山区修路，真的不容易。据县委张书记说，他认识陈德华，过去到北京跑项目，带上他呢，现在他已经下山，雀儿山隧道打通了。他给了我陈德华电话，对方一直没接，知道他还好，也了却了我的挂念。老一辈的志愿者在色达洒下汗水和智慧，为色达走向幸福不懈追求，新一代像洛绒卓玛副书记、周萍副县长的志愿者正在执行自己的使命，奉献满腔的热血，接触中了解到，这两位"80后"干部，背井离乡，要在这工作两年，她们都有年幼的孩子、年迈的父母，她们是多么不易呀！

正是一批又一批这样的人，谋划和践行让色达人脱贫的梦想，色达人民不会忘记，四川人民不会忘记，共和国更不会忘记。离开色达，我一直思考一个问题——我们能为色达人民脱贫做点什么呢？

付万才现象对搞好国有企业的思考

"搞好企业要靠一班人，要靠全体职工，而搞垮企业——一个人就够了"（见《吴邦国在全国企业党建研究班上的讲话》1999年5月4日）。当时在全国的国企中，闯出一匹黑马，它就是屡屡被新闻媒体报道的吉林化纤，党和国家领导人评价"这个厂搞得不得了"。

是什么使这匹黑马脱颖而出，领导和指挥这匹黑马的人是何许人也？他就是被中组部、中宣部和国家经贸委誉为国有企业优秀带头人的付万才同志，在他领导企业的实践中究竟有什么秘诀呢？我作为他的秘书，与他朝夕相处十二个年头，常常为这个问题着迷，甚至夜不能寐。

在总结一个人成功的经验时，往往用一句话来概括，如雷锋的"钉子精神"，铁人的"宁可少活二十年也要拿下大油田"，张兴让的"满负荷工作法"、海尔的"日毕日清"、邯钢的"成本否决法"等，那么，付万才的管理用一句什么样的话来概括才能恰如其分呢？作为一个全国的优秀企业家，他以人为本的管理理念，以发展为硬道理的发展观，从严治厂的科学管理办法以及许许多多的典型案例是与别的成功企业那么相似。但就像居家过日子一样，每个家庭还有自己独特的过日子方法，存在许多异处。比如，付万才的用人观、管理法、市场观和人格魅力便与众不同，"各村的地道各有各的高招"。同在一片蓝天下，同在一个大环境中，就是他的与众不同之处，才显示出他精于人、高于人的内涵。

作为新中国培养的大学生，付万才对党有朴实的报恩之情。自从父母去世离他而去之后，少年的他在艰苦的环境中成长，从另一个角度看，这对他长大后克服困难无疑是助力器。而他在任领导后的工作方法、思维方式又是后天所获，与付万才有过交往或对他略知一二的人，对他的评价众口一词。付万才的记忆力惊人，他可以把任厂长十四年来的效益丝毫不差脱口而出，经常在大会上纠正财会人员的报表，使财会人员自惭形秽。然而，对一个企业的成功管理，只归功于超强的记忆力是远远不够的，也只能是挂一漏万。

付万才有着独特的人格魅力。他常说："领导一个企业，人格作用不可忽视。""绝不能让人在背后戳脊梁骨"是付万才人格的真实写照。在全国宣传付万才的各种报道中，"真干净"三个字是对他人生赞誉的浓缩。

全国各地学习吉林化纤的人络绎不绝地来到吉林，大家不禁好奇地问："是什么使吉林化纤在短短的十四年间总资产增加 100 倍，利税增加 25 倍，人均收入增加 11 倍、达到了万元？"

众多的学习者当中，应付差事者有之，主动真学者有之。半真半假学者亦有之。回到各地，学习到的"真理"，是否放之四海而皆准呢？然而不幸的是，大家认为学不了。在国家纺织工业局 1999 年 1 月举办的"学习付万才座谈会"上，来自河北的一位老总诙谐地说："付万才没老伴

基建工地摄影

138

儿，我们有老伴儿，学不了。"一语中的，学不学付万才是态度问题。诚然，不能批评国有企业的机制，也不能把学不了付万才归结为无老伴儿。

在经历了这些所见所闻之后，我常想，付万才的出现不是一朝一夕的事情，当地政府在 1992 年就开展过"三学"活动——学吉林化纤、学一玻璃厂、学松江水泥厂，中国共产党历来坚信动机与效果的辩证统一论。最早提出向付万才学习是 90 年代初，当时有人写匿名信，罗列出付万才的罪状有 20 多条，每一条按党的原则都足以把付万才送进高墙之内，例如说他私藏枪支、受贿 50 万元等。由地方检察院、纪委监察局组成

付万才 1999 年 5 月与客户在西湖

的联合调查组，历时一年多的取证后，结果所查罪状全属子虚乌有。市委称赞他是"从严治厂、克己奉公的优秀共产党员领导干部"。有人说他是因祸得福，其实，忍辱负重的付万才能经得起这场考验，是因为他的清白。作为一个普通人，付万才不是没有欲望，在 90 年代初，他的两个女儿双双考入大学读书，依靠他每月 200 多元的工资，真是捉襟见肘，不能说他不需要钱，但是在危难中不乱方寸，这是常人难以做到的，而付万才做到了。

付万才自有他的可贵之处。我曾经跟随付万才进京参加第八届全国人民代表大会，他是代表，住会，作为他的秘书，我则住在公司的驻京办事处。人民代表大会一年一次，时间半月左右，我也曾陪他进京出席中国共产党第十五次全国代表大会。在同他的出差中，我大多是充当跟班的角色，现在回忆起来，记忆深刻的是无论走到哪里，无论是当着众人的面还是私底下只有我们两个人，他的品性、为人始终

付万才现象对搞好国有企业的思考

如一。1995 年，我随他到武汉的金花大酒店参加中国纺织总会首届企业家协会成立大会，正值阴历十月十三，这天是他的生日，事前，考虑到付万才孤身一人，我与妻子商量给他织一件毛裤，因为之前开会时，他坐在会议室的椅子上，我偶然发现他露出的毛裤角已经破损。然而在宾馆里当我把毛裤送给他，说："您的毛裤不行了，给您织了一件不知合适不合适。"他先是一惊，随后把毛裤接过去，并立即问："多少钱？"，我回答说"不知道。"结果，一张百元的人民币放在了我房间的小桌上，这张钱一直到会议结束我都不肯拿，他却硬是叫我把钱揣进兜里，我当时心里很不好受，一件普通的毛裤值不了一百元钱，可这钱不收却不行。从付万才的目光和强硬的语气中我读出了他的说一不二，收下钱，又觉得毛裤不值这钱，但是又不知找给他多少钱合适。这件事让我刻骨铭心，从那以后，我再没给他添过乱。防微杜渐是他处世的原则，一个万人大厂的一把手能做到这一点，真的是难能可贵。

人说没有长生不老的企业，纵观世界 500 强企业，没有百年不倒的。同样，在中国很少有任职十年的企业厂长。但是成功的企业，往往有一个任职较长的厂长，海尔的张瑞敏是这样，东方集团的滕增寿亦是如此，付万才任厂长十四年，十年磨一剑。付万才的战略是抓好自己的主业，他不跟风，也不赶时髦，不去涉足房地产、股票和期货等。他说，化纤的发展，是政府放水养鱼的结果。自 1992 年开始，吉林化纤与政府签订投入产出承包合同，而每年的收益进项，他都放在扩大再生产上，吉林化纤现在拥有国内规模第一的长丝产品，十年前的小企业，发展成今日的龙头老大。发展是艰辛的，不在同一起跑线上，要超过别人，一要赶上，二要赶超，事实比写在纸上的要难很多。先是在 1991 年添平补齐 460 吨，然后 900 吨、2950 吨，有了资金后的 90 年代末，才敢自筹资金建 5600 吨，付万才称之为滚雪球。

吉林化纤的发展历史，与付万才的性格、思想一脉相承，他的性格中的争先思想影响着他的决策，他常常在职工大会上引用那句名言，

杰出的企业领导者是怎样锻造出来的

140

"发展才是硬道理"。硬道理，说穿了是不能更改的道理。在吉林化纤工作三十多年，对吉林化纤了如指掌的付万才，上任伊始，就把吉林化纤定位在建成国际一流的大化纤上。在国家"八五"重点项目6万吨腈纶的论证上，自1992年的3万吨/年，就力争把已经批复另一家的3万吨/年作为争夺对象。"有志者，事竟成"，当一次又一次无休止的交锋后，对方最后相让，一直到1995年，3个365天，吉林化纤的6万吨腈纶画上了一个圆满的句号。他既然有争一流的思想，那么就有争一流的行动相配套，有一流的思想，才能引进世界上一流的生产工艺和一流的生产设备，才有了1998年5月31日的开工投产。1998年2月，当国家计委的一位主要负责人到吉林时，先视察与吉林化纤隔江相望的企业，视察后据说脸色很难看。到吉林化纤听了汇报后，脸色仍没有放晴，他告诫付万才，五月开车，现在看来不现实，据他多年搞基建的经验，往往是十根管子九根漏，十个阀门九个坏，六月开车不也挺好嘛，向儿童节献礼。这一席话刺痛了付万才。要知道，化纤人说话从来吐口唾沫是个钉，为复前言，才有了付万才带病七天蹲工地的经历，才有三个百日大会战，最后才有了五月按时开车。

在总结吉林化纤经验的时候，大家都把从严治厂作为素材去挖掘、整理。在1994年全国班组管理会议前，要从众多材料中筛选大会发言的国企代表，选海尔集团，还是吉林化纤，举棋不定，索性将材料交给国务院。国务院领导在吉林化纤"从严治厂以优取胜"的材料上画了一个圈。人民日报记者采访后，题目《奇迹是这样产生的》内容大多是从严治厂。吉林化纤的发展无疑，是靠从严治厂起家的。付万才总说八路军为什么能打胜仗，是因为八路军有一个铁的纪律，纪律是一切工作的保障。每月一次的职工大会，其中一项内容就是讲纪律，这才有吉林化纤有序的管理。吉林化纤杜绝迟到、早退，开大会时，台上讲话，台下鸦雀无声，有人形容说，吉林化纤开大会时，针落地上都能听见声音，143万平方米厂区上万名职工，两人走路自觉成队。透过现象，作为见证人之一我则认为，不能简单地把付万才的经验总

付万才同志

结为从严治厂，它不是吉林化纤的全部经验。

付万才采用的是一种内在的科学管理，以人为本，最大限度地发挥人的潜在能力。"千军易得，一将难求"，企业是一个由不同优点、不同缺点的多人组合的整体，付万才能将人的优势发挥得淋漓尽致。在吉林化纤付万才几乎没有朋友，但也可以说他拥有万人的朋友。付万才批评部下，从不用"外交语言"，而是有话直说。很长一段时间，同事戏称我为"三、六、九"，意思是：三天不挨批，六天准挨批，六天不挨批，九天一定要挨批。这与我的性格有关，付万才做事严谨，而我则不注重细节，写的稿子往往其中数据不准，小数点点错位置，别字、错字经常出现，标点符号则一逗到底，付万才博闻强识，一眼便能看出问题，为此，我常常被他叫到办公室接受一顿雷雨交加的批评。回想起来，挨批评并不是坏事，挨了批评，记忆深刻，改正错误是为了更好地工作。

记忆深刻的还有进行 1.5 万吨短纤维的会战。那是十月的一个星期天，是个秋高气爽的好天气，负责基建的厂长很早就到工地，没想到付万才比他还早，在挖中央下水道的现场，付万才发现工人们无事可做，问了其中一位，才知道他们的任务是吊水泥管，而吊管的工具——吊车被派到铁路运输线上吊浆粕去了，也就是过河的船派出去了，而桥没搭好，无疑，这是指挥协调有误。当付万才问几位工人是否见到基建厂长，被否定之后，他心中升起一股无名之火，因为中央下水管路是整个工程的重点，东北的天气，一般到十月底天气就变化无常，一场秋雨一场寒，土建工程在冬季往往只能等待，直到四月，才能施工，而 1.5 万吨短纤计划四月份投产。付万才在周一大调度会上通知基建厂长到会，基建厂长拎着一个红色安全帽推开调度室门，进门就坐在圆桌的一个空位上。付万才问他的第一句话就是"中央下水道一周内能不能完？"他回答："够呛。"付说："工人没活干可不够呛，昨天你干啥去了？"他无言，付万才当众人限他一周内完工，基建厂长则愤然离开，这时场面陷入僵局，三十多位车间主任和有关处室处长都屏住呼吸，紧紧盯着付万才。付万才对在场的人说："今天会后，立即动员会战，太茂（机动处长张太茂）把任务分下去，他不能抓，我来抓。"从付万才严肃的目光中可以看出他不仅仅只是说说而已。这项任务是艰巨的，中央下水管路共 325 米，要撬开铁路运输线，从两条铁轨底下穿过，就必须掘开 30 多米的水泥路面，深度 2.5 米左右，人在沟里很难自己上来。纪委书记老范年过花甲也到了工地，小车队的司机也放下方向盘，大家拿起锹镐，挑灯夜战。付万才在现场亲自指挥，到第三天早晨，他脚肿得连皮鞋都穿不进去了。原计划七天完成的任务，四天多就完工了，一位外来采购产品的采购员，亲眼见到这一场面，惊叹道，这是奇迹，见过玩命的，没见过这么玩命的。

付万才在企业

在班子会上，付万才严肃地问基建厂长："是你自己提出辞职，还是我上报市委免职？"问这话时，班子成员至少有三分钟的沉默，问题是秃子头上的虱子，明摆着，这涉及一个人的将来。一位资深的党委副书记激动地对基建厂长说："是你不对，董事长这么做为了谁？你要深刻检查。"言毕，其他班子成员异口同声，基建厂长必须检查。

在中层以上领导（近 200 人）参加的大调度会上，基建厂长总做了检查，这位五十多岁的汉子，竟动了真感情，哽咽着做了检讨，付万才并没有因为他的动感情而不了了之，讲话仍是那么刚硬，严肃地说强调要以观后效。以后的一切都在预料之中，基建厂长不仅没有丝毫的抵触情绪，工作反而更卖力气。正中了那句话，"在斗争中寻求团结"，团结——批评——团结，这后一个团结则是更高基础、更深层次的团结。

在 1996 年的夏天，多灾多难，雨一个劲地下个不停，开始是江水浊度影响生产，后来发展到漫过最高警戒线的洪水直奔江边的水泵房，淹泵影响到生产，而且是要全线停产，唯一的办法是加高围墙。命令下达后，付万才正在监控的闭路电视前，电视里清清楚楚地显示出大雨倾盆的场景，在通往厂外的柏油路上，供汽车间的工人们扛锹跑步行进，越来越清晰的场面，连个别职工的名字付万才都可以叫得出来，望着望着，付万才眼睛湿润了，他按捺不住激动的心，索性到了现场。现场如战场，几十辆满载砂石的翻斗车穿梭在人群之间，职工们冒雨挥锹，抢修大堤，谁也顾不上谁，付万才的到来无疑给正在拼命的职工打了一针兴奋剂。突然，付万才感到雨停了，当往上瞅时，却发现头顶上多了一把雨伞，一位老工人手持雨伞站在身边，而老工人的脸上正流淌着雨水。付万才有意躲让，将雨伞的中心移到老工人头上，工人们雨里来，水里去的，付万才不忍心。

拿原则做交易的事，付万才坚决不做。那是在 1986 年，一位邻厂党委书记的大公子，参加入厂新工人培训班，历时三个月的培训结束马上要进车间，年产 2000 吨长丝急等用人。在过五关斩六将后，在最后的安全知识考试中，这位公子照例抄袭别人，他肆无忌惮地抢过邻桌的卷子，旁若无人地抄起来，两个监考老师都睁一只眼闭一只眼，无巧不成书，这一幕被挂"机动监考"牌子的安全处刘副处长看到，刘性格很急，是一位 23 岁就走上领导岗位的复员兵，他走过去，戏就开始了。刘拿起那位公子的试卷，当即宣布他的成绩作废。那位公子当然不服，因为他清楚，考试打小抄的并不是他一个，那时纪律混乱，法不责众。便与刘互相争夺卷子，争来夺去，卷子竟被刘当众撕掉。

那公子急了，不但口出狂言，还漫骂刘。刘在众人面前失了威信，便搂着他去办公室理论。我当时在场，见刘脸色变白，声音逐渐提高，有一触即发打人的迹象。我忙去劝阻，这下可算是油锅添水，刘抓起电话告状到担任"主考"的付万才，付万才当即宣布"除名"。

付万才 1995 年照片

邻厂是与吉林化纤共处多年、互通有无的企业。吉林化纤的生活用水被防疫部门化验出大肠杆菌超标后，经过协商，在邻厂的地里打生活用水大井，无偿占用人家的土地，以为邻厂灌便宜液化气罐为代价。这件事发生后，先是邻厂对口单位领导找到吉林化纤的对口单位领导说情，上午来一伙儿，下午来一拨儿，这样做没有结果。有人出主意，必须找付万才，思来想去，邻厂党委书记托人找付万才请求不开除那位公子，请付万才放一马。付很坚定地说："制度是职代会制订的，我无法改变。"这件事传得沸沸扬扬，那些职工子弟收敛了许多，这也是付万才当企业一把手后较大的举动之一。

付万才在对待退休老同志的问题上非常细心。有一位老同志 30 年前就离开了吉林化纤，一年的 12 月，这位老同志在报纸上看到付万才的事迹后，给付万才打电话，说想回工厂看看，他现在住的地方与吉林化纤地跨两个省。付万才说："现在天冷路滑，待春暖花开时请你来。"到了五月份，付万才果然派车把这位同志接到厂里，年逾古稀的老同志在付万才的陪同下，参观了工厂，看望了过去的老同事，住了三天，付万才又派车把他送回去。付万才曾对一位上级说："你在位时找我，我可以不理你，你不在位了，需要我帮忙的，我一定尽力。"

成功的企业家应该是什么样子呢？绝没有统一的模式，人们从电视剧、电影中看到的样子，大多是西装革履、手握手机、后面跟着漂

付万才现象对搞好国有企业的思考

亮秘书那种人，或是出入高级宾馆、卡拉 OK 厅、夜总会的那种人，对照人们的想象，你无论如何也看不出付万才与他们沾边儿。

付万才最大的嗜好是下象棋。下象棋的绝活来自他少年时常常在路灯下蹲在马路旁看人家"出招"，那时，常常有人摆"擂台"，搞个残局，不知天高地厚的往往被陷入其中，结果拱手相让的是人民币。付万才往往一边看一边琢磨，这也是他后来任厂长后"看准三步棋，走好一步棋"的决策之道吧。

付万才不抽烟，不喝酒。记得在他当厂长后，省委书记来吉林化纤视察。在招待所，省委书记对付万才的工作非常满意，在共进午餐时，特意端着斟满酒的杯子，站起来对付万才说："老付，你辛苦，我敬你一杯。"付万才忙端起他的大茶杯说："书记，我不会喝酒。"据省委书记的随员说，省委书记在车上笑着说付万才太实在，连喝酒都那么实在。

付万才不跳舞，也不许其他人跳舞。他说，小青年一进舞厅什么都忘了，跳到半夜，再去上班，哪有不打瞌睡的，最易发生事故，不提倡跳舞，完全是为了安全生产。

中共中央组织部召开的全国国有企业领导班子建设座谈会

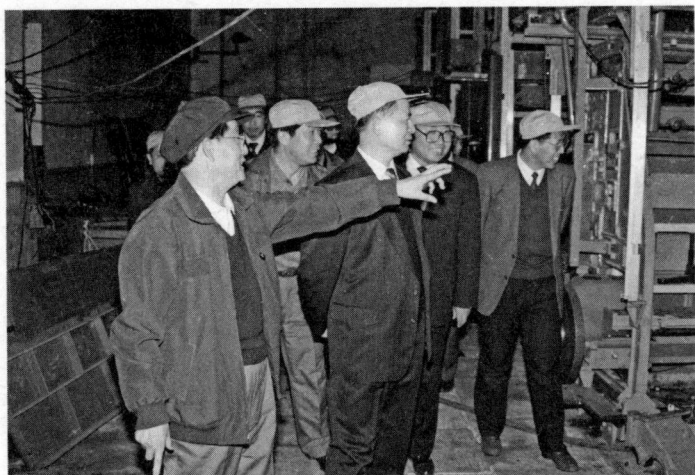

1989 年时任省委书记的何竹康（右三）来吉林化纤视察

在 1995 年全国企业管理工作会议上，付万才讲到他把全部精力都献给事业的时候，当时任国家经贸委副主任的俞晓松给付万才写了一张条子，内容大意是：你太累了，应该抽出点儿时间去公园。其实，在我了解或知道的企业家中，像付万才这样压上身家性命的并不乏其人，如邯钢的刘汉章是这样，东方集团的滕增寿是这样，海尔的张瑞敏是这样，鹿王的高丰也是这样。

优秀的企业家都是最具献身精神的，这一点，在付万才身上，有许许多多信手拈来的故事。在他的企业家职业生涯中，我时常同他一道外出。有一次，正值省里开劳模大会。会上，有一汽的于永来，据讲，他是被当时全国总工会副主席张丁华评价为新时期最可爱的人，是第一汽车制造厂铸造分厂的厂长，搞了许多发明的人。会上于永来代表全体劳模讲话，付万才则代表全省劳模宣读一份倡议书。会后，省领导五大班子成员在吉林省宾馆宴请，付万才的位置是第一桌，右边是省委书记，左边是省长，但是，他没能就座，而是开完会后就打道回厂。我们在一个叫龙家堡的小镇停车，在一个叫"李记"的饭店简单地吃了饭，花掉了 57 元。汽车开到九台后，付万才明显地疲倦了，他微微闭上了眼睛，头靠在后靠背椅上。司机放慢了速度，一直

付万才现象对搞好国有企业的思考

到厂区，我见离下班只有十分钟了，就轻轻地对司机说："送董事长回家。"声音虽然很轻，但还是被付万才听到了，他说，到办公室。

这样的事太多，由中组部、中宣部和国家经贸委牵头，有七家报纸，如新华社、人民日报、工人日报、经济日报和中央人民广播电台等组成的付万才事迹调查中，在随机采访的众多工人中，付万才早来晚走大家都是有目共睹的。

1995年还发生了这样一件事。省委要宣传优秀共产党员，付万才名列其中。由省委组织部、省电视台等组成的七人采访小组驻厂。来的那一天，恰好付万才从外地返回吉林。根据时间表，付万才从长春下飞机是在晚上9：45分，从长春再乘车到吉林，回到家里，至少要在零点左右。为了照顾付万才休息，摄制组取消了预定于第二天采访付万才的计划，认为他翌日不会上班。

晚饭后，摄制组的一位老同志建议拍摄一下早晨晨练的职工。这一建议被采纳后，翌日凌晨5：00左右，摄制组来到文化宫前，见没有几个人，便扛着设备奔往招待所。有人指示前面是付万才的家。摄影师冒出灵感说，等一下咱们把机器对准他的厨房窗户，如果窗户灯亮，证明他自己起来做饭了，咱就拍，如果不亮，咱就回去。

说也巧，刚刚支上摄像机，厨房灯就亮了，付万才做饭动作在外边看得清清楚楚。摄像机的时间显示5：05分，付万才拎着小兜从他住的三楼往下走，摄制组立即赶上去，拍摄下了这意想不到的珍贵镜头。

龟兔赛跑的故事在儿时便从广播中、父母的教训中深记心间，同龟兔赛跑相似的是企业间的竞争，企业间的竞争也是意志与耐力的较量。付万才管理企业的经验很直白，他没有什么"法"，什么"定律"，他的许多办法并非别人所不能及。走路两个人成队，也并不是他的发明。在军队，不仅营区内走路成队，在大街上常常可见战士排队行走。就走路排队的事不知令付万才抓了多少个反复。刚刚开始，习惯于走路作为交流形式，作为打闹空间的职工，不习惯被控制为一前一后的

吉林化纤厂区松花江畔

禁锢，要求排队便成 45°。在排队过程中付万才从抓干部入手，有一次大调度会散场，他见中层干部排队不整齐，在会上严肃点了中层干部的名字。"人有脸，树有皮"，点名的事发生后那些不在乎的人开始在乎起来。接着，摄像人员在上下班路上，拍摄抓"现行"，车间主任在车间门口抓"典型"，公司劳资处巡查抓"惯犯"，劳动纪律稽查组抓"侥幸"，反复抓，抓反复。公司明文规定，凡是走路不排队者奖金罚 30 元，不涨一次性工资。付万才树立奇峰公司的典型，多次在会上讲，股份公司要向奇峰学习，看看人家排队的自觉性。

付万才第一次在全国会上介绍经验是 1995 年 2 月 19 日。我们乘麦道—82 客机到京，下了飞机，我拎着 500 份会议材料，分两大包走在前面，他执意要帮我，我执意不肯，坚持走到门口，他一眼看见前来接站的唐家维处长，接着，在拥挤的接站人群中见到王政民，政民一把接过我的材料，我们簇拥着他，走进了一辆红色雪伏莱轿车，小汽车在高速公路上急驶，一直到会议地点——远望楼宾馆。当时已是 20：30 分了，在通往报到的电梯上，一位满头银丝的同志问付万才："您是付总吧？"他一愣说："我怎么不认识你。"付万才的记忆力强是有名的，他曾说，一般的人见过面，一打眼，下次就可记住，而且他往往可以把 5 年之内的月经济效益准确记忆到小数点后二位，如实地说出，为此，在工厂大会，一些中层干部往往因为他的突发性提问感到尴尬。

这位老同志说："刚才在电视新闻中看到你了。"

我特别兴奋，因为在前几天，是我从吉林电视台把记者李凤春和侯素桦两个接到的，在途中也是我跟着参加拍的。省电视台小李是位三十出头的记者，很有头脑，片子是中央电视台约的，主题是从严治厂、科学管理，时间定在 2 分钟。

在工厂，我们先采访了老工人马跃秋，马师傅是厂标兵，又是建厂元勋之一，他谈了从严治厂对生产的必要性，又随口说出工厂的发展主要是付总班子的功劳以及 1994 年的利税。

接着，对供汽车间的主任纪洪斌、二纺车间主任林振浩、二纺车间大学毕业生于志成以及机动处长张泰茂都进行了采访。更为可喜的是有位退休工人都兴满，已两鬓白发，在主干道上也谈了体会。

同李凤春和侯素桦碰了一下，同感的是这些同志大多不理想，有的话和自己的身份相悖，共同点是都几乎准确无误地说出公司的利税指标。侯风趣地说："这哪里像工人说的话。"

付万才被任命吉林市政府顾问书

但从中可看出，工人的确是与其他厂不同。我们三人和路凤成处长碰了一下，侯的观点是最好找一位过去被处罚过的失足青年，现在已改邪归正，拍出来更有说服力。她的意见和小李不谋而合。

这样的人在吉林化纤并不少见，说句实在话，这几年被除名的，都差不多能组成一个几百人的中型企业了，且工种齐全，有教师、干部、车、钳和焊各工种，还有一部分握方向盘的司机呢。

但我觉得最有说服力的莫过于安平，安平是最有背景的。这人30多岁，化纤子弟兵，人称安得炮，长得五短身材，脸上横肉堆积，大眼睛，力气蛮大，有一次在文化宫看电影，听到一阵骚动，他飞身挤上前，定睛一瞧，是位哥们儿被打，他上前就拽住对方细高个儿，咚！咚！两个"垫炮"，细高个儿顿时鼻孔喷血，跪地求饶。于是，他被哥们儿称为"英雄"，因此也名声在外，被公安局拘留了10天。

他也是"恶作剧"的导演。一天，他因没戴厂徽，被门卫的老陈头，人称"陈大工匠"抓住，他飞跑，陈追到车间才把他逮住，结果，又被工厂罚款30元。为此，他记恨在心，一次，他经蓄谋后扛一木方，径直向门卫奔来，头不抬，眼不瞪地快步疾走，"陈大工匠"见状，有人公开偷公家的木头，便尾随追来，他估摸好距离，猛一回头，木头转

付万才现象对搞好国有企业的思考

个180°的弯，正好碰在"陈大工匠"的头上，顿时被打趴下。当日，"陈大工匠"因脑震荡住院。就是这样一个"痞子"，后来却发生了翻天覆地的变化。先是班里的同志帮助他，无论是他没带饭盒，还是干活儿，都伸手拉他一把，党支部书记是他老爸的同事，也苦口婆心地找他谈话，言明利害关系，希望他"悬崖勒马"。有一次，他患阑尾炎症住进了市附属医院。住院一周后仍没有做手术的意思，同室的病友告诉他，要给大夫"明白明白"。可他经济上并不宽裕不说，而且还是位"送猪头也找不到庙门"的主儿。

付万才不知怎么知道了这件事，亲自赶到医院，带着慰问品来看他，又找到院长，当时的院长姓柴，是付万才昔日同窗。翌日，安平顺利上了手术台。

这小子有良心，手术后的第三天便回厂上班。从这以后，他干得更起劲了，用哥们儿的话是"撅个屁股干的"。他后来当了班长，等扩建1.5万吨短纤后，又来到1.5万吨短纤生产线，今年又当上了公司车间分会主席（副处级待遇）。安平讲得很好，句句发自肺腑，后来被中央电视台采用。

李凤春和侯素桦在怎样和付万才谈、谈什么内容上费了一番心思，如果谈不好，中央电视台有可能不用，如不用，那就意味着采访失败。约好下午1：00到付万才的办公室谈，而他却到了供应处，参加浆粕采购的紧急会议去了。两位记者在二楼会议室空等了两个多小时，看得出，她们非常焦急。侯素桦一个劲地说，孩子无人照管，据她的年龄（大约35岁左右）孩子也不会大，当天要赶回省城，是我们事先约好的。我急得上蹿下跳，一会儿一个电话，并告诉办公室，见付总回来一定转达。到下午3：00多后，付万才回到了办公室。

关于付万才和新闻记者的交往，还有一段插曲呢。1994年，在芳菲正浓的6月，人民日报驻吉林记者站的张玉来同志，受命于省委、省政府要求来厂。1994年6月15日，国务院领导来吉林视察，在南湖宾馆，省长向国务院领导汇报了省情，在介绍企业的时候，就把付万才推

付万才与小女儿婉丽在北京

了出来，省长把吉林化纤的变化，付万才从严治厂、科学管理以及在市场经济条件下立于不败之地的情况，一一汇报，引起了领导的兴趣，他问："付万才来了没有？"省长答："来了！"这时，坐在人群中的付万才站起来说："我就是。"领导问："你们去年产值是多少？"付万才回答："3亿多元。"领导想了一会儿又问："你们产品的销售情况一定不错吧。"付万才答："我们厂无库存产品。"领导又说："你们的产品质量一定好。"付万才答："我们主导的产品是国优名牌。"听罢，领导满意地说："我就知道你们的产品质量肯定错不了。"当领导听说付万才这几年把发奖金的钱都用于发展生产时，说："现在少发一点儿，以后可以多发嘛。"接着，他又转回头来，问在场的省长："这样的好典型你们宣传了没有？人民日报刊登了没有？"省长说："人民日报正在写稿。"这时，领导的脸上露出了笑容，他语重心长地说："你们要好好宣传这样的厂，这样的厂长……"

大凡记者，尤其是像人民日报这样的大报记者，一般来厂要先见的是大老板，一般是要大老板亲自接待的。当时，公司正在组织对新经济增长点——1.5万吨短纤的改造，付万才几乎天天在新厂房研究生产，无暇顾及这位记者，来厂的两天，只派我和路凤成接待，无非是看看过去的经验介绍，找有关人谈谈情况，而张玉来是个性情很急的人，谈了几个人都没啥"油水"，也摸不到"活鱼"。他急了，要亲自找付万才谈，在二楼办公室，正巧与付万才相遇，他不认识，但听到有人喊："付万才。"便问："您就是付总吧？"付说："对。"这时我介绍说："这位是人民日报记者张玉来。"张急不可待地说："付总，我

付万才现象对搞好国有企业的思考

新中国成立 50 周年付万才在劳动人民文化宫前

想找您谈谈。"付却急于开一个新线产品质量提高的专门会，推辞道："等一个小时以后吧。"并告诉我："请客人到二楼会议室等。"

张玉来和我一直等了一个多小时，由于新线的问题没有落到实处，付万才一直没有离开会场。张急了，上一趟厕所回来说："小谢，你快联系派车送我。"我一愣问："不采访了？"张说："我见过的厂长多了，也有的比老付大多了，人家是国家骨干企业，我什么时候到，他什么时候见，见你们厂长这么费劲，像是我求他似的。"我也急了，说："玉来，你是来干事的，不是来挑理的，我们厂长这么忙，不见你一个新闻单位记者，这和其他厂长不一样的地方，不正是他的不同之处和闪光的地方吗？"玉来是个心直且干事业的人，听罢，他愠怒渐消，坐下来又接着等了一会儿。散会后，付万才一边道歉，一边和他谈了起来。这样，才有人民日报头版头条的报道《奇迹是怎样产生的》。

这次，我把付总和张玉来的事讲给李凤春和侯素桦听，她们笑了，表示理解。可以说，对付万才的这次采访是成功的，大家把意图一讲，他便理解，到 1.5 万吨现场。路凤成把付万才的衣服扣扣好，电视镜头对准他后，开始，随着问话，他们从企业管理出发，从班子做起等谈了自己的看法。他问："来不来第二遍。"李凤春满意地说："不用，一把成。"

在北京，中央电视台第一条播出，共4分37秒。人说，这在中央电视台还是很少见的，无论在会议厅，还是在吃饭的饭堂，不少代表一眼就认出付万才来。那天，我们是晚上8：30到的开会住地远望楼宾馆，为了看到重播，我一直等到晚上10点。在京办事处的几位同志都很兴奋，看得出，这是大事。在海淀购微机设备的调度处副处长黄义明，由于汇款没到，人家要等。翌日，他说："吉林化纤的。"对方小姐问："是不是昨天上电视的？"黄义明自豪地说："当然是！"那么，人家信任你了，可以先提货了。唐家维更是兴奋，这会儿，股票上市最有力了。政民诙谐地说，我先把股票甩卖掉。在付万才的住所，家里也有人守电话。我急打电话给厂电视台，要他们翻录下来。

会议报到的同时，国家经贸委任辉就转告第二天国务院领导要找四位企业领导座谈，并把要点转达，付万才是第三个发言者，主题是从严治厂，科学管理。国务院领导接见，对于一个企业的领导无疑是件大事。当晚，我同唐家维碰了一下面，便开始给付万才准备材科，要2000字左右的材料，我挑灯夜战，一直写到12点多。这一夜，我几乎彻夜难眠，兴奋得翻来覆去睡不着觉。当我早起第二天赶到付万才的住所时，早晨的新闻联播刚开始，交了稿子，他说："咱们吃饭去。"

在饭桌上，又有人认出昨天的"新闻人物"付万才。向国务院总理汇报，对基层的企业是件不容忽视的大事，会议上确定的四名发言人，除我熟悉的"琴岛利勃海尔"外，还有邯钢钢铁厂、小天鹅洗衣机厂的代表，吉林化纤第三个汇报。

说起"利勃海尔集团"，我们之间还有一段故事呢。1992年4月28日，全国质量管理工作会议在京西宾馆召开，这是工业企业的殊荣，听说会议组织者对由哪一家在会上发言争论不下，因为，全国各企业报的材料都有特色，最后，材料送交国务院，领导批示吉林化纤的"从严治厂，以优取胜"为大会企业唯一的发言代表。1993年4月，全国八届人大开幕。在全国八届人大会议上，付万才作为代表和这家

付万才现象对搞好国有企业的思考

公司的大老板相遇，萍水相逢，巧就巧在同桌听会，"利勃海尔"的老板问："您是哪家企业的？"付万才说："吉林化纤厂。"这家大老板紧握付万才的手不放，把事情的原委讲给付万才。付万才含而不露地笑了笑……

在远望楼宾馆，时任国家经贸委主任王忠禹专门在晚 7：00 召开企业的会议。跟通知有出入的是汇报企业由四家增加到七家，杭州钢铁厂、上海第二毛纺厂和燕山石化的代表也要汇报。王忠禹讲了几点要求，会开的时间两个多小时，每个代表的发言不能超过十分钟。王忠禹说："咱们少讲点，留给国务院领导多讲点。"他又说："老付，你主要讲从严治厂，从领导班子起，以及科学化系统化的问题。"接着，王忠禹逐一和其他厂家谈了汇报的主题。付万才很重视这次汇报，特意把我也领到七楼小会议室。在议论中，在座的几位企业老总都和王忠禹简单地讲了自己企业的情况，看来国家经贸委也心中有数。

在任何企业，领导都不可以忽略制度管理，制度应该成为企业管理的核心。吉林化纤的制度化管理，核心一条并没有改变，那就是人性化，付万才认为"绩效管理贴近人的本性，更要靠人去执行。"付万才把运动会当作展示企业实力的平台，每到运动会前，他都亲自审定来

付万才在新中国成立 50 年典礼大会上

宾单位名单，把相关的领导请来，省一级的领导往往他亲自出面去请，连街道、派出所都不忘。

回忆在付万才身边的岁月

写下这个题目，是因为在我的人生旅途中，有一段刻骨铭心的记忆，那是生命节点的历程，这个历程影响我一生。影响来自于一个人，这个人就是付万才，他曾是中共中央组织部、中共中央宣传部、中华人民共和国人事部、国家经贸委、中华全国总工会联合发布通知号召学习的人物。中央电视台、中央人民广播电台、人民日报、工人日报、光明日报、经济日报同期大篇幅报道付万才同志。作为付万才同志的秘书，我至今仍然保留着记录付万才工作中和各级领导接见他的大量照片，经常翻阅这些照片，成为我生活的一部分。让全国优秀企业家、中共中央组织部表彰的优秀共产党员付万才的故事再现，是我梦寐以求的事情，我给付万才当了 12 年秘书，又见证、参与了一个国有企业的改革和发展，经历本身就是财富，让那些启迪人生、鲜为人知的故事浮出水面，并留给未来是我长期以来的愿望。不久前，我的《北漂故事》封笔，交由中国纺织出版社出版发行，我便静静地思考，在沉淀中思量，钩沉岁月，当思绪的闸门开启，诸多往事涌上心头，这才惊喜地发现我的人生因为与付万才相识而改变，因为在他身边耳濡目染而进步，因为传承他的思想脉络而精彩。付万才埋头苦干，任董事长 16 年只出国一次，企业从同行中第 22 位跃升到第 1 位，经济效益连年增长。付万才无私奉献，以职工利益为重，从不多拿一分钱。付万才廉洁从政，打铁自身硬，在万人企业中获得一片赞扬。2002 年，付万才同志离开工作岗位后，我也离开吉林化纤集团，自此，北漂生活

1999 年 8 月作者与付万才在北京万寿路中组部招待所合影

开始。

　　记得刚刚到北京时，许多人介绍我的第一句话就是："这是付万才的秘书。"对方听到大多是惊喜而后给予佩服的目光，其中有两个企业和一个大学让我介绍吉林化纤管理经验。有一年春节从北京回吉林，在列车上邂逅一个朋友，握手时他突然问我付万才同志可好，我们问答被擦身而过的列车长听见，结果我被请到餐厅吃饭，并且要求向列车员们讲付万才的故事。有次与中国纺织工业联合会一位领导交流，他评价说我是个好人，我感觉奇怪，问他为什么？他说你在付万才身边 12 年，如果有问题不会干那么久。我曾和吉林化纤集团的员工一起聚餐，那时付万才已因病去世，不知道谁把话题引到他身上，有个叫朱长生的员工憋了半天，有些结巴地说："谢、谢秘，你是付老板的得力助手。"我答道："可惜，还有差距呢。"一旁的宋喜文举杯，一扬头杯见底说："还有差距？你的本事不是付老板教你的？"这话不假，说到底，付万才对我授之以渔，在离开他的日子，在我闯荡北京的日子，许多事情都是按付万才的思想去实践的，他的"路在人走、业在人创、事在人为"一直伴随着我，是激励我前行的座右铭，他的那句"不该要的钱一分钱也不能要"鞭策我遵纪守法，"有第一不争第二"让我努力再努力，中国纺织企业管理协会会长夏令敏称"老谢干活从来不惜力"。如果说我有点成功的话，也要归功于付万才对我的教诲，因为12年朝夕相处，我常常在梦里与他相遇，因为12年相随，他的秉性潜移默化地影响我。丝丽雅集团董事长冯涛曾经在公开场合说，付万才培养出一个好秘书。这句话对我既是激励也是鞭策，让我更加严格要求自己，决不能给付万才丢脸。如今我已过了花甲之年，时间紧张，能够把在付万才身边的日子里的点滴收获记录下来，能够让一个优秀企业家的故事为后人借鉴，让人们了解一个杰出的企业领导的一言一行，于年轻人成长、于行业发展、于国家强盛，一定会大有益处，如果说能给后人留下点什么，那便是我的初衷。

48 岁的任性

2002年夏天，与往年相比，没什么不同，却在平静的生活中充满变数。在付万才宣布退休的瞬间，我的心里空荡荡的，我将何去何从？说心里话，秘书工作早有动意，脑海里闪过离家出走的念头，这绝不是空穴来风。

2000年后企业出现辞职潮，一批进厂大学毕业生，无法抑制自己的梦想，到外面的精彩世界去打拼，在企业规划处供职的张井波就是例子。2002年春的一天，他沮丧地敲开我办公室的门。那时付万才已经患病，大多时间在家办公，我日常只干一件事，每天下午两点半左右，我会把文书小常整理好的文件和批件送给他，他批复后交代几项工作，我当传声筒，传达给主持日常工作的张洪信副总。张井波是为辞职纠结"寻医问药"的。我们闭门长谈两个多小时。他爱人在他大姨姐（一个闯荡北京成功人士）怂恿下，先期离开家乡到北京，把一个两岁女儿留在吉林。张井波当爹又当娘，在去留的十字路口徘徊不

付万才与原中国纺织工业协会会长杜钰洲（左一）

决，我单刀直入，问他："想不想换个媳妇？"他果断地摇头，说："我家贫穷，找个对象不容易，不想离婚。"见他坚决，我告诉他："智取华山一条路，你也'北漂'。"他和我谈话后半个月离职。"不是所有的人下海游泳都会活"，一个月时间，我们每天煲电话粥，先是寻找工作四处碰壁，后来是工作找到了住房找不到，焦头烂额，急切的需要我帮助。我利用为企业进京办事的机会，寻找认识的人为他入职敲开门，他到《纺织周刊》报到。无巧不成书，任部长秘书的夏令敏，正好到《纺织周刊》任社长。他知道我是"老秘"，打电话给我，希望我来北京。那时候付万才还没退休，商量后夏令敏出招，请杜钰洲部长给付万才打电话，我想了想觉得也行。当我看到付万才因为化疗戴着假发，一顶浅黄色带格帽子顶着脑袋，一脸沧桑的表情，不忍心在这时候离开他，又拒绝了夏令敏。但是当宣布付万才退休时，也很"闹心"，在四楼办公室，自觉不自觉地会走到付万才办公室敲门，敲了两声见没有动静，恍然大悟，付万才时代翻了页。"一日不见如隔三秋"，脑海里浮现的都是付万才的影子，有时彻夜难眠，何去何从？出走的念头设计了N个版本，身未动、心已远。一夜间尽断三千烦恼丝，抛

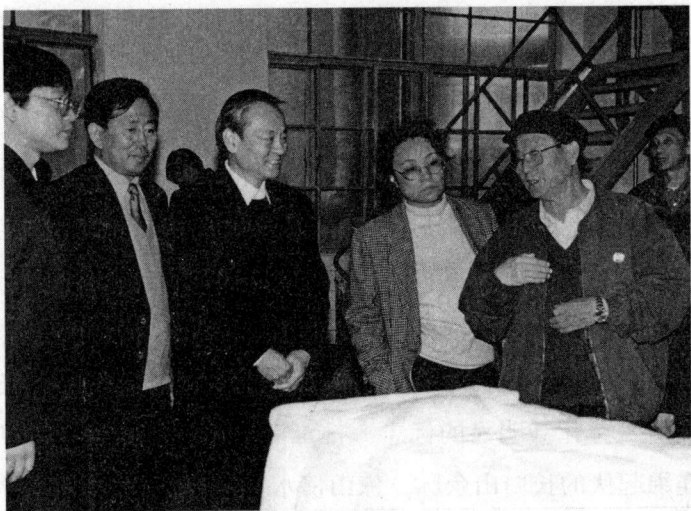

付万才给原中国纺织工业协会张茹副会长（右二）、原中国纺织工业协会杜钰洲会长（左三）及中国纺织工业联合会副会长夏令敏介绍生产情况

却万丈红尘梦，想想有名销售处长吴杰评价我"两长"，一个是嘴长能"喷"，一个是笔长能写，顿时感觉自信满满。当提出要"北漂"的时候，妻哭了。她是担心家散了，那时父母健在，爸爸说的话至今仍然清晰记得，他说，人过30不学艺，你奔50岁了，能行？当决心已定，我找到走马上任的董事长王进军，我开诚布公地说，干了12年秘书，不干了。他并没有生气，平静地问我，想干什么工作？我的回答出乎他的预料。他并没有回绝，而是说班子讨论后定。后来我人遂心愿到了北京，摇身变成了记者。

2003年11月18日，在虎门国际服装博览会现场，见到已经退休的原纺织工业部部长吴文英，她眼睛一亮，在众多记者堆里抓住了我，拨开众人到我面前，问付万才好吗？这把我问倒了，我那时真不知付万才近况，马上打电话给他女儿，她女儿轻描淡写地说，在家休养，吃点中药。回到北京，接到吴文英原秘书贺凤仙电话，电话里说吴部长要请付万才吃饭。我如实转达，付万才女儿说可以，她排下时间。后来又推迟两次，个中原因我心知肚明，是付万才不愿意别人看到他病重的样子。直到2004年1月18日，接到付万才离世消息。我

48岁的任性

曾和付万才女儿约定，每到清明节一起回吉林，为付万才上坟，2007年清明节，不巧他二女儿有事，我自行回去。在"江南公墓"我爬到最高处，付万才就葬在这里，这个墓穴是时任吉林市民政局梁局长给选的，那个墓志铭是我写的，黑色的大理石台面，造价工程师报13万元，我想和企业谈谈，按照付万才对吉林化纤的贡献，企业应该付一部分，这个想法与付万才女儿沟通，她拒绝了。她二女儿说："谢哥，别麻烦了，我们自己付。"在付万才墓前，左右栽了两棵松树，虽然不是很大，但是也显得肃穆，站在墓前远望，山下是滔滔的松花江，再眺望远处，吉林化纤明显的标志一排毒塔高耸入云，映入眼帘。墓地背后是连绵起伏的长白山余脉，依山傍水。到了墓前，我惊喜地发现，不知道是谁，墓碑前打扫得一尘不染，摆着水果，香笼里插的香还在燃烧，空气中弥漫着淡淡的清香。我想起诗人臧克家的一句话，"有的人活着，但他已经死了，有的人死了，但他还活着。"

重回故地忆万才

2017年金秋，东北地区便在寒流影响下降温，穿着羽绒棉服都不觉得热。我冒着可能"感冒"的危险，又踏上我工作18年的吉林化纤，30～48岁，人生的壮年献给了这片热土。我2002年离开吉林化纤到北京闯荡，吉林化纤一直在我关注的视线之中，前几年曾经因为市场原因出现过效益滑坡，我担心过。这几年扭亏脱困，企业又开启发展模式，我兴奋。

我到60周岁，是在吉林化纤办的退休手续，吉林化纤的情结还来自付万才。他2004年去世，不知道怎么回事，每到忌日便梦中相见，栩栩如生的场景映在脑海。难怪在2001年组织部部长申庆祥暗示我要离开秘书岗位，付万才说句："你不能离我太远"，搞得我莫名其妙的。后来，在宣布中层干部调整时，我仍然在原岗位。算起来做梦见付万才的次数比梦见我死去的爸爸多。由于工作关系，虽然过去曾经隔三岔五回吉林化纤办事或者开会，但是都是走马观花。这些年，吉林化纤建设全球最大规模的腈纶生产线，全球最大的竹纤维和最大的碳纤维生产基地，吉林化纤在三年内粘胶纤维长丝跑全国第一，也是全球最大。职工收入三年翻番，这些都是我欣慰的。

曾经和山东"舒朗"服饰老板讨论过企业灵魂，他对"设计师是企业灵魂"说法相悖，他很激动的带肢体语言表达，只有老板才能是企业灵魂，是老板思维模式和方法带来企业方向。我有同感，企业家的思想，尤其是创建企业时候的管理办法和思想才是企业灵魂，付万才的担当、从严、创新精神，激励接班者，万名职工的操行和素质形成一个强大的磁场，他会影响几代人传承下去，无往不胜。

我边琢磨边走，许多熟悉的地方让我觉得亲切，在厂大门旁边矗立的建筑，叫"吉纤文化宫"，我彳亍前行，信步走进这拥有千人座席的聚会场地，站在后面柱子位置，眼前影影绰绰一排排座椅，主席台上的讲话桌子还在，这个打开我回忆闸门，那曾是付万才多次发号令的地方，每到春季二月，他便号召夺取首季开门红，到四月夺取红五月动员，五月初夺取上半年双胜利，双则是指利润和销售收入，下半年迎党的生日、迎接国庆，实现全年双增长，耳熟能详，形成了规律，这样我要提前准备讲稿，他常常把倾向念成坑向，有一次我特意加了注解，结果仍然无法阻止他的错误。他声音不是很震撼，但是平静中充满尊严，语速不快，字字珠玑，没有套话和口号，贴近生活，比如讲廉政，形容语言，"你在前面走，小棉袄都被戳破了"，讲私心，"天上几滴雨，都往家跑盖大酱缸帽子"，东北过去每家每户都自己下酱，酱在发酵过程中必须阳光晒，但是如滴进雨就生蛆，所以，天边乌云笼罩，都撒丫子跑回家盖酱缸。他的话朴实接地气，他企业管理三条线，人、工艺生产、机器设备，成为经典之言，他常常说要抓住人。

有个省工会李副主席有微词，她曾经对付万才说，抓人，不要听。我在写稿时改为抓住人的这个主线，并且画上粗线，但是下次开会付万才仍我行我素，一念到这里不知不觉溜达出来了。

文化宫也是付万才常常光顾地方，职工文化艺术团的排练活动，他当审查兼观众，招聘演员他是评委，而且是主评委，有个演员张少博，拉小提琴演奏的，来参加招聘16岁，劳资处长杨洪文按劳动法规定，说不能录用。付万才批他死脑袋瓜子，先列为学员呗。这孩子后来从吉林化纤厂走上中央电视台春晚舞台，他的小提琴演奏被誉为"疯狂小提琴"，和中央电视台主持人董卿合作，董卿拉琴他手指弹奏，优美绝伦的表演倾倒全场，"一招鲜吃遍天"如今在世界各地开展业务，在美国旧金山湾区的演唱会现场，有两万多人观赏，如今这个大腕游走世界各地，2017年他千里迢迢回到吉林市，专门向吉林化纤职工汇报演奏，全场观众欢呼声、掌声响起的时候，他含着眼泪深情地说，在外漂泊，落叶归根。是化纤厂养育了我，是老董事长付万才收留了我，我永远不会忘记。从吉林化纤走出的中国书法家协会会员吴晓光、祝鸿新，他们人虽不在化纤厂，心永远留在曾经在成长中留下深刻记忆的地方，今年国庆期间吉林化纤书画展，都留下他们的墨宝。有次付万才在台上讲话后下来，接过我递过来的上衣，从兜里掏出200元现金，塞到我手里。我心知肚明，那个是我以他名义写《全国纺织企业质量管理》征文的奖金，我怕他不收，从邮局取回送给他女儿。过去N次多家媒体刊登他署名文章，稿酬都给了我。我把这些钱攒了好久，买了一台索尼彩电，帮我安装的小刘说，这是咱们生活区3000多户中最好的，其实钱也最好，两万多呢。

在厂区，两边林荫大道，挺拔的松树让我想起这是我们十几年前种的呢。乍暖还寒的初春，我们机关干部乘坐通勤车，一棵一棵树精心培土浇水，成活率达到历史水平呢。映入眼帘的"安全生产预防为主"赫然出现在过道，两边被管道支架支撑，这个标语出自我口，付万才首肯。下面整齐的厂房正是昔日会战战场，为赶工期，机关干部义务劳动，付万才站在大家面前，我想起来了，累得腰疼腿酸的，直直腰，与付万才严肃的目光撞在一起，麻溜的又弯腰干活了，真的怕被他批呢。

我穿过厂区，来到生活区，到了松花江畔，松花江源自长白山天池，一路下来吉林市是它所经历的第一个地级市，松花江水流到丰满，被丰满电厂大坝截流，通过水轮发电机组，强大的电流送输到东西南北，冬季，银装素裹，自丰满电厂从泄洪口出来的水温零度左右，撞上零下二十多度的天气，冷热交替，升腾的水雾缭绕在空气中，弥漫着浓浓的白色气息，依依不舍地缠绕在江边柳树，晶莹剔透，这便是世界四大奇观之一的"雾凇"。

松花江流淌在市区呈 S 状，到了吉林化纤又转身回望，江水宽约百米，深足十米，化纤生产的用水取材松花江，江对岸是一座叫猴石山的山丘，海拔高度在 200 米左右，也无法考证。江边有两座孤零零的柱状体，那是工厂的水塔，1994 年夏季，松花江涨水，水位牵动付万才的心，水位是每天调度会中心话题，"屋漏偏逢连夜雨"。那天，天似被谁捅了一个洞，雨不停地下，调度告急，水塔随时都会被淹没，这个后果是全线停产，我陪付万才赶到现场，比我的想象还严重，望着雨越来越大，付万才决定堵住漫涨水势，雨水汗水交织着，工人们奋战着，付万才身上湿透了，我真的担心，他那时候刚好查出糖尿病。这个时候，一位女工打着伞顶在他头上，这个伞有一点小，雨从伞布又借风吹落到付万才身上，见状，又赶来两名工人，用身体挡住吹挡的雨滴，见此，我的眼睛模糊了。站在松花江岸，那次给付万才打伞镜头记忆犹新。

每当这个场景浮出脑海，我都会攥着拳头，付万才，这辈子结识了你，是我幸运。如今松花江水静静地流淌着，亘古不变，见证着吉林化纤的变迁，远处依稀可见新的水塔工地，希望它长治久安，"江山代有人才出，独领风骚三二年"，我突然想起一句话，"长江后浪推前浪"，还有一句"把前浪拍在沙滩上"想想，不知不觉乐了。

后记

犹如回音壁前听回音，当《杰出的企业领导者是怎样锻造出来的》书稿尘埃落定，交付中国纺织出版社校二遍后，我总觉得心里空落落的，当今网络时代，汽车站、火车站、机场放眼望去全是"低头族"，连卖土豆的小贩都不要现金，手机二维码一扫，全部搞定。有没有读者是我关心的，在网络时代，很难有众口夸赞的文学作品，另外，对于付万才的评价和事件的真实性也是关键，付万才已经退出十五年，离开十三个年头，这涉及本书的生命力。恰好中共中央对企业家精神的指导意见发布，对照文件及付万才的所作所为，我释然。

为试深浅，我投石问路，在党的十九大召开前夕，《重回故地忆万才》的短文在《纺织资讯平台》发表，不到半天，竟然有 1300 多点击量，如一枚石子投入平静的潭水，掀起层层涟漪，这是我始料未及的。付万才的大女儿付漫丽，远在国外，看到对此后发微信说："谢哥，你是陪伴我爸走完一生为数不多的人，你是智慧的人。"原吉林市国资委书记高翠英，在 2000 年付万才生病时，是她代表组织到北京看望慰问的，她见证了吉林化纤的发展变化。看了文章后她说："写得好，对付总和你有同感。让我们记住这位老人，他既是吉林化纤的功臣，也是吉林化纤的灵魂，没有他就没有吉林化纤的今天。他太值得你宣传了，他是正能量的代表。"她的肯定使我对这本书更有信心，原中共中央组织部审计局副局长裴裕民在《学习付万才座谈会》上聆听了付万才的事迹，看到朋友圈的文章留言道"怀念付总"，四个字诠释了他对付万才的崇拜和怀念。吉林化纤办公室的王佳是新来的大学生，对付万才只闻其名，她在留言中说："通过谢老师的手笔，让我这个没有经历过

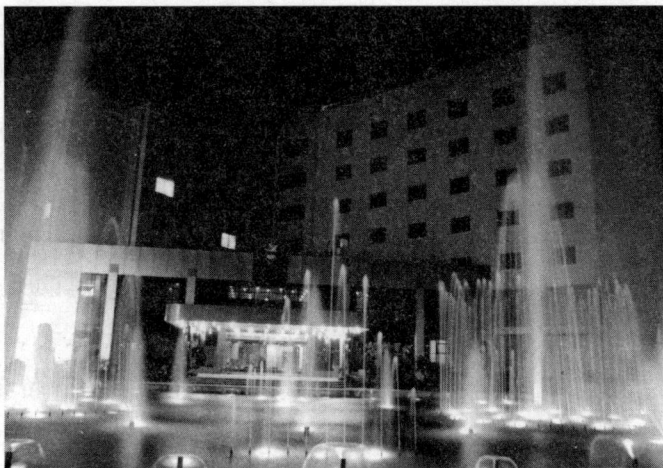
办公楼前夜景

这些的人仿佛也身临其境，深刻感受到付总的人格魅力和谢老师对其如父子一般的情怀。"在微信发表后，也收到企业管理者的回音，湖北省天门纺织机械有限公司董事长沈方勇说："这老板万里挑一，这秘书也万里挑一。读着读着，活生生的老前辈展现，让我等压力与动力同增！"一位叫顾志华的微信粉丝留言，"文中主人公付万才和作者谢立仁他们都是我敬佩的人！他们身上那种坚韧不屈的意志和奋发向上的精神，与人为善和平易近人的优良品质都是我学习的榜样。"

　　他的话过奖，我不敢说我是付万才的学生，但是和老董事长在一起的时候，我曾对他说，我虽然不能给您添彩，但是决不会给您添乱。是付万才的精神激励我前行，他的教诲我刻骨铭心。在我只身一人拉杆箱陪伴、到了北京站两眼迷茫地望着天空、前途未卜时候，付万才的"路在人走、业在人创、事在人为"回响耳边。每当自己对干的事情没底气，恍惚的时候"习惯成自然、自然成定性"为最后的胜利再坚持一下的努力之中埋下伏笔，也是洁身自好的镜子，当想要要小聪明、走捷径时或者存侥幸心理时，"要想人不知除非己莫为"，他的口头禅常常再现，如刀刻斧凿，刻骨铭心。我也在曾色欲横流的地区出没，我能做到"常在河边转就是不湿鞋"。老老实实干事，踏踏实实做

后记

人成了常态。同事白晓与我共事近十年，她评价说："谢老师有话当面说，从来不在背后捅刀子。"中国纺织工业企业管理协会常务副会长杨峻说："老谢出门，放心。"当在金钱面前出现两难选择时，付万才的"公家的东西一分都不要"敲打我的心灵，有次财务账面出了逆差，支付的现金对不上账，这个项目我主管，有人猜想是我问题，出纳员黄颖站出来否认说："谢主任从来没有经手过钱。"一句话解读所有猜疑。

当在工作中发生矛盾时，付万才"在斗争中求团结，人间正道是沧桑"回荡在我耳边，我实话直说，从来不拐弯，有人评价我"优点是心直，缺点是太直"，为了工作，曾经与原《纺织周刊》杂志社社长冯国平拍桌子，原《中国纺织报》副社长徐国营当面说我是"狗脾气"。当然，最后是人家大人大量，相视一笑泯恩仇，"不打不相识"成为我一辈子的朋友。就在写这篇文章时，接到已任中国纺织人才交流中心主任冯国平的电话，让我陪他去银川市，见贺兰县工业园的梅振龙主任。是付万才潜移默化的影响，改变了我的习惯，他的"有第一不争第二"，看人要"听其言、观其行"每每都如鞭加背样激励着我，中国纺织工业联合会副会长夏令敏当着许多人的面说："老谢干活不惜力。"

其实，作为付万才的秘书，我心里是装着沉甸甸的责任，是他每时每刻在冥冥之中为我的言行敲响了警钟，教育我如何做个好人。一个人做件好事并不难，难的是一辈子做好事不做坏事。一辈子做好事，付万才做到了，我只是望其项背。我的通化师范学校同学金宪淑在韩国工作，她回复微信说："重游故地，让你感慨万千，俗话说：名师出高徒。拜读上篇，才得知，你这位高徒原来是在全国劳模的名师、高人的熏陶和影响下而脱颖而出。人这一辈子，与何人共事、结伴、交友实为重要，会影响你的生命质量。为你一路顺畅，风光无限，老有所为的人生庆祝！"还有许多人留言，从这些充满正能量的留言中，我看到了希望，坚定了我的信心，尤其是吉林化纤集团有限公司党委书记兼副董事长刘宏伟看了初稿，表示满意，并亲自做编辑委员会主任，吉林省企业家协会常务副会长姜国钧回忆与付万才接触的岁月，他曾任吉林省经贸委副主任，也是吉林化纤事迹调查小组副组长，对付万才的事情了如指掌，原吉林市委副书记陈福对文章给予高度重视，他说："这不仅仅是吉林化纤的宝贵精神财富，也是吉林人民的精神力量。"他约原吉林市人大常委会主任付绍清、李万良一同征求意见，他们都是付万才实践人生价值的见证人，吉林化纤集团销售部的于顺平看了后回复："谢哥，文章我看过了，不管你信不信，我哭了。"我的通化师范同班同学于菲在微信中说："立仁晚上好！一年一度的国庆，年复一年的中秋，立仁今又重回吉林故乡，山水依旧人已去，挥泪豪书释情怀。《重回故地忆万才》是一篇佳作好文，具有现实意义。在追忆这位优秀、成功的企业家的同时，表达了一个跟随这位企业灵魂多年的秘书，对万才的无比钦佩和怀念，以及受益终身的熏陶和影响。立仁重情重义又重信，知恩感恩又报恩。不仅著书万才的高尚品质，更是用实际行动，像万才一样感染和热爱着遇到的每一个认识和不认识的人，彰显出博大的胸怀、气魄及人格魅力。给你点赞！"已经离开吉林化纤十几年，曾经在吉林化纤任计划处副处长的孙万青，经常跑项目，他也是当年最年轻的中层干部，与付万才交集较多，他说："还在吉林？刚看了你的故地重游，我也是梦见付万才最多的。"可以看出，付万才影响了一批人。回到主题，我的同学王璟荣这样表述："立仁你好，又一篇佳作《重回故地忆万才》问世了，这篇佳作写得太好了！你重情重义，不忘往事，是个难得的好人，有你这样的同学是我们的骄傲。"我知道，有些人可能在恭维，有些人可能话不由衷，但是在这个充满正能量的时代，这些鼓励的话语还是增加了我的信心。当初闯荡北京的决定告诉路凤成处长时，他一方面对我担心，另一方面也转达付万才退休时交代他的任务，他说："董事长让我关照好你。"他这句话，让我心里暖暖的。

我祈祷，吉林化纤如日中天、云蒸霞蔚。也希望在新时代，全国涌现出更多付万才式的创新、奉献、担当、廉洁的企业家。

后记